紫藤幹子
SHIDO Mikiko

文芸社

目次

リアル・アバター

曲木(くせき)賞の発表まであと二日だった。

ノミネートされた六人の作家のうち、初めて候補に挙げられた大舞薫(おおまいかおる)は、新人とはいえ下馬評では今季の有力候補の一人だった。作家デビューして五年、刊行数はデビュー作の短編集、それに長編一冊のわずか二冊。本の売れ行きはそれほどでもないが、熱心な固定ファンが多い。候補作となったのは、大舞の二作目の長編で先頃雑誌『文藝空間』に掲載された『ニキチ』であった。これは大舞が初めて歴史小説に挑戦した意欲作であり、担当編集者の麗子も驚くほどの力作だった。

大舞薫は謎の多い作家だった。マスコミの取材にもほとんど応じず、年齢も性別も不詳。情報過多の現代において、顔写真一枚表にあがってこない。作品は発表するが、自分は一切表に出ない。その不思議さも相まって大舞薫は独特の存在感を醸し出していた。

田丸麗子は篠沢茂とホテルの一室で最後の打ち合わせをしていた。

「それで、先生からのコメントの原稿は読んでいただけましたか？」

麗子の問いかけに、

「ええ。原稿に書いてあることは全部頭に入れました。過去の受賞作家のインタビュービデオを見て何度もシミュレーションしましたし、たぶん大丈夫だと思います。あ、それと、『ニキチ』はもちろん、その他の著書も一応全部読ませていただきました」

篠沢茂は穏やかな口調で言った。

テーブルを挟んで斜め向かいに置かれた一人掛けのソファーに篠沢はゆったりと座っていた。用意した背広は思った以上に板についていた。今はホームレスに身をやつしているが、やはり以前はそれなりの地位にいた人物なのだろう。麗子は改めて篠沢の顔を見た。

落ち着いた澄んだ瞳が真っすぐこちらを見つめている。目尻には細かい皺があり、髪にも白いものが覗いている。四十二歳という年齢より、少し老けて見える。いや、老けているというより老成しているというべきか。とにかく静かな雰囲気を持った人だと麗子は思った。

この仕事を篠沢に託そうと決めたのは、この落ち着いた静かな雰囲気が決め手だった。

この仕事。作家・大舞薫の身代わりとして表舞台に立ち、マスコミの取材などに対応すること。ネット上で自分の好みに合わせて設定する仮想の分身キャラクターをアバターというが、これはそのリアル版。アイドルやタレント本などで本人の代わりに文章を書くゴーストライターの、言わば逆パターンだ。

大舞の素性を知っているのは出版社の内部でも担当編集者の麗子と上層部の何人か、それに経理課の一部の人間だけだった。

大舞薫と出会ってもう五年か。麗子は大舞薫という作家の存在を知った日のことをよく覚えている。

その日、田丸麗子は雑誌『文藝空間』で募集した「小説グランプリ」の最終選考を前にして、自身が担当することになったグランプリ候補作『TORIKO』の著者の加納素子（かのうもとこ）に連絡を取ろうと、応募原稿に書いてある連絡先の電話番号に電話をかけた。すると事務員らしい女性が出て、加納素子はいるにはいるが、本人は言語障害があって電話には出られないと言う。住所には、なるほど福祉施設らしき名前がある。麗子は電話に出た施設のスタッフらしき人物に出版社名と自らの名前を名乗り、加納の作品が懸賞小説のグランプリの最終選考に残っていることを伝えた上で、なんとか加納本人と直接連絡を取る方法はないかと尋ねた。

「えっ、加納さんが、ですか？」

スタッフらしき人物は大変驚いた様子だったが、やがて、

「加納さんならパソコンも使えますし、メールが一番確実だと思いますよ」

と教えてくれた。

麗子は職場のパソコンのメールアドレスを伝え、ここに連絡をくれるように伝言を頼んだ。

素子からは程なくメールが届いた。

「お電話ありがとうございます。最終選考に残ったとのこと、大変うれしいです」

たったそれだけのそっけないメールだった。

麗子は早速最終選考のための確認事項を伝えるメールを打った。この作品が本当にどこにも発表していない完全オリジナルのものかどうか。グランプリを受賞した場合の雑誌掲載の承諾。作品の著作権についての説明。最終選考にあたって原稿を数カ所手直ししなければならないこと。そして、これはあくまで個人的な見解だが、と前置きした上で、たぶんあなたの作品がグランプリに選ばれると思う、と打った。

そこまで打って、麗子は考えた。グランプリを受賞するということは作家デビューの道が開けるということだ。出版社は作家を発掘すると同時に発掘した作家を売り出さなければならない。電話に出た施設のスタッフによれば加納素子にはかなり重度の障害があるらしい。彼女のペンネームは大舞薫だが、大舞薫を売り出すときにその障害をどう扱うか。もちろんそれをセールスポイントとして、不自由な体で一生懸命書いた小説として売り出すこともできる。だが、それでいいのか。大舞の小説はそれ止まりか？　麗子にはどうにも拭えない違和感があった。

麗子の予想通り、大舞薫の『TORIKO』は『文藝空間』小説グランプリの第二十五回グランプリに選ばれた。

麗子は早速加納素子にそれを知らせるメールを打った。次号の『文藝空間』に受賞作『TORIKO』が掲載されること、それに合わせて受賞の言葉を書いていただきたい、それと毎回恒例になっている『受賞者の素顔』のコーナーの取材にお邪魔させていただきたいのだが、差し支えないか、など、一応の確認事項を書いたあと、この受賞はゴールではなく、作家・大舞薫のスタートラインだから、これから小説を書き続けることを念頭に置いて考えてほしい。そのためのサポートは何でもする、わたしはこれからも大舞薫の小説を読みたいのだ、と書いて送信した。

それから一日おいて素子から返信が来た。

「ご連絡ありがとうございます。グランプリに選んでいただいて大変光栄に思います。これからのことについてですが、ひとつお願いというか、お尋ねしたいことがございます。

わたしには脳性マヒという障害があります。これは物心がつく前からのもので、わたしにとっては空気のようなものですが、なんというか、ビジュアル的にいささかインパクトがありすぎるようです。一般の人の中にはヒステリックに同情する人もいます。それはその人が悪いのではなく、わたしのビジュアルがその人の人生の枠から大きくはみ出しているせいでしょう。

もし作家としてこれから小説を書いていくとするなら、そういう目立ちすぎるビジュアルは邪魔なのではないでしょうか。

小説は純粋に小説として読んでほしい。作家はあくまで裏方であり、目立たないブレーンな存在でなければならないと思います。

田丸さんはわたしが小説を書き続けるためのサポートをしてくださると言われましたが、障害があることを伏せて作家活動をするというのは、可能でしょうか？」

メールを読み終えて麗子はしばらくパソコンの前で思案していたが、やがておもむろに指をキーボードに乗せ、次のようなメールを送信した。

「大舞先生のご意向はわかりました。

わたし自身は障害についての差別意識は持っていないつもりですが、先生の障害をどう扱うか、正直迷っていました。障害が前面に出てしまうと、小説の内容よりもそっちのほうに世間の、読者の関心がいってしまう。それはぜひとも避けたいと、わたしも思います。

いずれにしても、わたしの一存では決めかねるので上司とも相談の上、先生のご意向に添えるよう何らかの方法を考えてみます」

麗子は上司の青柳と相談して、とりあえず『受賞者の素顔』のコーナーは取りやめ、雑誌『文藝空間』には受賞作の『ＴＯＲＩＫＯ』全文と受賞の言葉だけを掲載することにして、素子にもメールでそれを伝えた。そしてそれから何回かのメールのやり取りの末、マスコミには、作家の意向で作家自身のプロフィールや顔写真は一切公表せず、作品だけを発表するということで対応しようということになった。

『文藝空間』小説グランプリの第二十五回グランプリの授賞式は、グランプリ受賞者欠席のまま行われた。作家デビューの登竜門として名の知れたこの賞の授賞式には少なからぬマスコミも取材に来ていた。報道陣からはグランプリ受賞者に関する質問がいくつも飛んだが、作家はあくまで裏方であるべきだという大舞薫の強い信念を出版社としても尊重したい、と、麗子は報道陣に丁重に頭を下げ、断った。

そのときから、謎の作家・大舞薫は生まれた。


小説グランプリの受賞から半年、大舞薫のデビュー作となる短編集『TORIKO』が単行本として刊行された。グランプリ受賞作『TORIKO』は四百字詰め原稿用紙にして一〇〇枚あまりと短く、単行本にするにはページ数が足りないため、素子が今まで書き貯めた短編を合わせて短編集として出版したのだった。

『TORIKO』は視覚障害のある青年が恋をしたのが実は猫で、最後には自分も猫になってしまうという幻想的な作品だった。その受賞作を含むくだんの短編集は、著者の大舞薫が謎の作家であることがかえって宣伝効果を生み、無名の新人のデビュー作としては異例の売れ行きで、初版は瞬く間に売れ、たちまち重版となった。

マスコミもこぞってこの謎の作家の素性を知ろうと謎解きに乗り出し、しまいには、著名な人気タレントがタレント本として扱われるのを嫌って名前を伏せて書いたのではないかという説や、財界や政界の大物だという説まで飛び交った。だが、どこのメディアも真相にはたどり着けなかった。

そんな世間の騒ぎをよそに、当の大舞薫こと加納素子は北陸地方の田んぼに囲まれたのどかな郊外に建つ障害者支援施設で、文字通り巷の喧騒から離れて、一人こつこつと次の小説を書いていた。

環境音楽をやっていて突然行方不明になった兄を思う妹がさまざまな葛藤の末に兄の死を受け入れ、その魂を葬るという話なのだが、この作品は実はグランプリ受賞が決まる前から、五〇枚ぐらいの短編のつもりで書いていたものだった。だが、担当編集者の麗子に、アイデアが面白いのでせっかくだから内容をもっと膨らませて長編にしたらどうかと言われて、書き直しているところだった。

素子の作品は比較的短編が多い。障害のため、入力作業に時間がかかるというのも大きな一因だった。一日に書ける量は原稿用紙一枚か、多くて二枚が限度だった。時々、言葉が津波のように押し寄せてきて、入力が追いつけないこともある。そんなときでも書ける量は決まっていた。それに、もちろん一行も書けない日もある。障害に関係なく、だ。

だが、これから作家としてやっていくには単行本を出さなければならない。それには少なくとも三〇〇枚以上の長編を書く必要があった。単純計算で、書く、というか、入力するだけで、一年以上かかる。そのことを麗子に話すと、大舞先生のペースで書いてくだされはいいと思います、と言ってくれた。

素子がこれまで書いた中で一番長い小説は、今回小説グランプリを受賞した『ＴＯＲＩＫＯ』で一〇八枚。それ以上は未知の世界だった。

当然のことだが、小説というのは考えるだけで書けるものではない。実際に手を動かし、パソコンのキーボードを叩いて初めて形になる。すべてはそこから始まるのだ。今書いているものがおあつらえ向きの三〇〇枚以上の長編になるのかどうかはわからないが、とりあえず手を動かして書いてみようと素子は思った。

「大舞薫って、ほんとに誰ねんろね」

サンルームでテレビのワイドショーを見ながら、ケアワーカーの保住さんが言った。

「ロダンの上柳やって言う人もおるね」

保住さんにストローでお茶を飲ませてもらいながら野村さんが言った。野村さんは頚椎損傷で首から下が動かない。

「上柳はたしかに頭いいけど、あいつ小説なんか書くかなあ」

保住さんが野村さんの口にストローをあてがいながら言った。二人ともまるで人気お笑い芸人の上柳のことを友達みたいに言うねえ、と素子は思った。

「加納さん、どう思う？」

保住さんが横で同じくストローでお茶を飲んでいた素子に話を振ってきた。素子は手のひらを上に向けて両手を広げ、さあね、というようなポーズをしてみせた。

「加納さんもわからんか。そういえば加納さんも小説書いとるんやて？　なんかもうちょっとで賞をもらうところやったんでないが？」

保住さんは言った。

「へえ、そうなんや」

リクライニングの背もたれを倒した車椅子のヘッドレストの上で首だけを素子のほうに向け、野村さんが目を丸くして言った。素子は苦笑いを浮かべた。

素子が賞を取ったことはこの施設では誰にも伝えていない。最終選考に残ったという連絡があってしばらくは、すごいね、とか、発表いつや？　などと声を掛けられたが、素子が何も言わずにいると、落選したと思われたのか、それとも単に忘れられたのか、そのうち何も言われなくなった。

賞金は銀行の口座に振り込んでもらい、賞状と盾はしばらく麗子に預かってもらい、素子はいつも通りの平和な毎日を過ごしている。

こうして作家・大舞薫は人知れず安全で快適な隠れ蓑を手に入れた。

素子が小説を書き始めたのは三十代になったばかりの頃だった。もともと書くことが好きで子供の頃から詩や短い文章を書いていたのだが、三十路の大台に乗った十年ほど前、当時売れていた同世代の女性作家の小説を読んで、これならわたしにも書けるかも、と思って書いてみたら書けてしまった。とは、受賞の言葉に書いたことである。これは嘘ではないが、もう一つ、小説を書くにはそれ相応のエネルギーというか、熱量が要る。それもプラスよりはマイナス、正よりは負の熱量のほうが小説を書く燃料には適しているようだ。

その負の強烈な熱を放つ出来事があったのだ。できれば人生の中から跡形もなく消し去りたい出来事。誰もが一つや二つは経験するであろう人生から抹殺したい出来事が、素子の人生にももれなくついてきた。平たく言えば男の話である。

今もその抹殺したいという気持ちは変わっていないが、しかし考えてみればその負の熱量が結果的に小説を書くきっかけになり、今の素子があるのだから、その人生についたシミのような出来事もある意味、無駄なことではなかったのかもしれない。

ちょうどその時期にワープロやパソコンといった文字を書いて記録するための便利なツールが目の前にあったということも、小説を書く上で大きな力になった。というか、それがなければそもそも小説を書こうということ自体考えもしなかっただろう。素子は手書きで文字が書けることは書けるが、一つの文字を書くのにも普通の人の何倍ものエネルギーを費やさなければならず、原稿用紙何十枚分もの文字を手書きするのは、体力的にとても無理だった。

こうして小説を書くきっかけも環境も整い、書けるかも、という予感もあり、素子は小説を書き始めた。

最初に書いた小説は地元の小さな文芸誌で最優秀賞に選ばれた。それがどのくらいの力があることを示すものなのかよくわからなかったが、その後もこつこつと小説を書き続けた。最初の小説を書いてから、素子の中にまるで小説が生まれ出る道筋というか、産道がついたように、不思議に次々と小説が生まれた。やがて全国規模の公募にも応募するようになり、少しずつ入賞するようになった。そんな中の今回のグランプリ受賞だった。

公募に応募するときの筆名は、本名の加納素子を使うこともあれば、二、三のペンネームを使いまわすこともあったが、大舞薫という名前はたまたま『ＴＯＲＩＫＯ』で初めて使ったペンネームだ。考えてみればそのことも素性を明かさず極秘で作家活動を続けるのには好都合だった。

施設での生活はおおむね快適だった。自由がないと言う人もいるが、何時に起きて、何を食べて、何時に寝るといった生活のことには素子はあまり頓着しないたちだった。自由って何だろうと素子は時々思う。たとえば多くの選択肢の中から朝食にパンを食べることを選んだとする。すると次にどんなパンか、どこのメーカーで、どうやって手に入れるか、飲み物は何にするか、などと限りない選択肢が襲ってくる。そんな些末な日常の選択にかける時間と労力をすべて創作のために使うことができるのだから、作家にとってこれほど恵まれた環境はないのではないだろうか、と素子は思うのだった。それにもちろん介護の心配をする必要もない。インターネットも外出外泊も届けさえ出せば自由だ。ただ居室が狭く、全室が個室というわけではないということが難点だったが、それを別にすれば、まさに理想的な書斎だった。

施設では、素子が小説を書いていることはほとんど知られていなかった。一日中パソコンの前に座って何か書いていることは知られていたが、書いているものを誰にも見せたことはなかった。今回の懸賞の最終選考に残ったという知らせのあとしばらくは「何書いとるが?」と興味を示すスタッフもいたが、素子が黙って笑っていると、それ以上聞いてこなかった。たまに、「加納さん、文章書くが好きなら、自伝でも書いたらどうやいね。ずっと前の『五体不満足』みたいにバカ売れするかもしれんよ」

などと冗談交じりに言うスタッフもいたが、素子は爆笑でかわした。

自伝といえば、素子のこれまでのことについて、障害があって大変だったねとよく言われるが、幸い、と言うべきか、素子は生まれて間もない頃からずっと施設で過ごし、周りが障害者ばかりだったためか、自分が特別不利益をこうむっていると思ったことはなかった。

子供の頃は、世の中には「普通の人」という人種がいて、何でもできるスーパーマンのように思っていた。学校以外のところに行くと「普通の人」だらけで、みんな普通に歩けて、普通にしゃべれて、スーパーマンがいっぱいいるなあと思った。でもそのスーパーマンに見えた「普通の人」もみんな平等に同じくらい不利益をこうむっていることに、素子は大人になってから気づいた。

素子にとって初めての三〇〇枚超えの長編小説『音の柩』の第一稿がようやく書き上がった。デビュー作『TORIKO』の刊行から一年と半年あまりが経っていた。原稿の執筆を始めてからはもう二年以上も経つことになる。

作家・大舞薫のもとにはその間にもさまざまな出版社からの原稿依頼が数多く寄せられた。中には売れっ子作家並みに原稿用紙一枚につき三万円出すという出版社もあったが、窓口になっている麗子がすべて断っていた。先生は大変お忙しい方なので、と麗子は言い訳をしていたが、本当の理由はもちろん素子の体力、体にかかる負担を考えての配慮だった。いくら才能があるとはいえ、一日に原稿用紙二枚をやっと入力している素子に、健常の作家と同じように次から次に原稿の依頼を受けさせるわけにはいかなかった。素性を知られる危険もある。これはもとより素子も同意の上でのことだった。

それに、素子の場合年金受給者であり、プロになったといっても、原稿料などの収入がないと生活に困るといったことはなかった。逆にあまりにも収入が多いと障害年金が受けられなくなったり、福祉サービスが受けられなくなる場合があるらしい。グランプリの賞金のほうは一時的なもので影響はなかったものの、『ＴＯＲＩＫＯ』の印税が少しずつ入ってくるようになり、施設の利用料の自己負担額も上がっていた。そこのところは福祉関係に詳しい信頼できる専門機関に相談し、真っ当な処理を頼んだ。介護の心配のない今の生活のレベルを保ちながらマイペースで創作活動ができるのであれば、それ以上のことは望まないという素子の意向をふまえて収入があるために払わなければならないものはきっちり払って、最低限生活介護のサービスを受け続けられるように、そしてできればこのまま施設での生活を続けられるように考えてもらった。

素子は書き上がった長編『音の柩』の原稿をメールに添付して麗子に送った。書き始めてから二年。こんなに長い間一つの物語と向き合ったのは初めてだった。その間にさまざまなことがあり、それがいい感じに気分転換にもなっていた。麗子ともメールでいろんな話をした。途中までの原稿を送って意見を聞いたこともあった。麗子がいなかったら三〇〇枚という枚数にはたどり着けなかったかもしれない、と素子は思った。

原稿を送ってから三日ほどおいて、麗子から手直しを要求するメールが届いた。言いたいことはいくつかあるが、まず、三章と四章のつながりが不自然、とメールは書きだしていた。もっと自然な流れになるように書き直すか、それとも思い切ってがらっと場面を変えたところからつなげていくかしたほうがいいと思う、というのである。なるほど。そう言えばそうかもな、と素子は思った。ひとところを集中して書いていると全体の流れがなかなか見えない。自分の作品を一歩下がって広角に見るということ、ましてや他人の目で見るということは、できそうでなかなかできないことである。長編小説を書くのに慣れていない素子にはなおさら難しいことだった。麗子の的確なアドバイスをもとに、素子はそろそろと原稿を書き直していった。

約二カ月かけて素子は第二稿を仕上げた。パソコンの読み上げ機能を使って何度も読み返し、一応納得したところでメールに添付し、麗子に送った。麗子からは折り返しまた細かい手直しをアドバイスするメールが来た。あんなに注意して確認しながら直したのに、まだこんなに訂正しなければならない箇所があるのかと、素子は少し気持ちが萎えたが、麗子のアドバイスはいちいちうなずけるものばかりで、さすがプロの編集者だ、と、今さらながら思った。素子はまた粛々と手直ししていった。

三週間ほどでようやく第三稿の直し作業は終わり、麗子の厳しい読み込みを経て上からのオーケーもなんとか出て、これが決定稿となった。

ゲラ刷りの確認作業、表紙のデザインや装丁の選定を経て、約半年後、大舞薫デビュー二作目にして初めての長編小説『音の柩』は刊行された。

『音の柩』も売れ行きは上々だった。勢いから言えば、話題になったデビュー作の『TORIKO』ほどではないが、静かな人気でじわじわと売れ続け、『TORIKO』を読んだ読者の中からリピーターというか、固定ファンが生まれつつあるようだった。

「あれ、これ大舞薫の新しい小説やじ。加納さんも大舞薫好きなんけ?」

部屋の掃除に来ていたケアワーカーの大隈さんが、素子の本箱に『音の柩』があるのを見つけてそう言った。素子は笑いながらイエスのサインを出したが、内心どきりとした。誰も気づかないだろうと、麗子から送られてきた発売前の本をそのまま入れておいたのだった。もう発売したからよかったものの、これが発売前だったらかなりやばい。これからは気をつけねば、と素子は思った。

「ふうん。これ、わたしまだ読んでないけど、友達が読んで、すごいおもしろかったって言うとったわ。加納さん、もう読んだん?」

素子の内心の冷や汗には露ほども気づかない様子で、大隈さんは言った。素子は、まだや、と言うように左手をひらひらと振った。

「ああ、まだなんや。なんかすごい胸にぐっとくるらしいよ」

大隈さんはそう言うと掃除の続きを済ませ、部屋を出ていった。

素子は本箱に収まった『音の柩』を眺めた。手直しも含めて二年半、苦労して仕上げた小説だった。大隈さんの友達なる人の感想はすこぶるうれしかったが、この小説をわたしは、他人の書いた小説を読むように未知のものとしては読めないのだなあと思うと、少し残念なような、不思議な感覚を覚えた。

本を読むというのは意外と体を使う作業である。素子がそのことに気づいたのは、頚椎を痛めて一時手足のマヒがひどくなったときだった。もう七年近く前のことである。

アテトーゼ型脳性マヒというのは常に不随意運動を伴う。不随意運動。自分が意図していないのに体が動いてしまう症状である。とくに首はやっかいで、右を向こうと思ったら反対に左を向いてしまったり、下を向こうと思うと逆に上を向いてしまったり、動かないでいようと思えばなおさら動くという具合に、意思とは逆の動きになってしまうのだ。

何かをしようと思うと人は視点を定めなければならない。それには首というか顔を思う方向に向けなければならない。その、思う方向に向くまでに、普通の人はしない動きがいくつも入るのである。その結果、普通の人の何倍も首を動かすことになり、それが積もり積もって首に負担がかかり、ある程度の年齢になると首の骨が変形したり、関節がずれるということが起こる。それが原因で骨の中の神経を圧迫して手足をマヒさせるのである。

つまり、もともと持っている脳性マヒの上に頚椎からのマヒも加わることになる。

幸い素子の場合、手術とリハビリで頚椎からのマヒはある程度回復したが、まるきり元通りとはいかず、手足のしびれと機能の低下は今も少し残っている。

その頚椎からのマヒがひどくなった時期、それまでできていたことができなくなるということがいくつもあった。それは当然予測できたことであり、ある程度覚悟はしていたが、その、できなくなったことに、本を読むことも入っていた。これは予想外だった。読書好きの素子にとってそれは、パソコンが打てなくなることに次いで二番目にショックなことだった。

本を読むにはまず、前かがみの座位を保たなければならない。頚椎を痛めると手足だけでなく体幹にも力が入らなくなり、この座位の姿勢を保つのが難しくなる。次いで、字を目で追うという行為も意外に体幹を使う。その姿勢を保ちながら、さらにページを一枚一枚めくらなければならない。本を読むという作業は、考えてみれば結構な重労働だ。何気なく本を読んでいたときには考えもしないことだった。

首の手術を受けて再び本が読めるようになったとき、素子は心底ほっとし、本を読むという楽しみを享受できる体に感謝した。

本を読むというのは一種の快楽である。自分の目で文字を追い、まず字面を味わい、次に頭の中でそれを音声に変えてその音を味わい、リズムを味わう。そしてそこから浮かぶ情景や物語を味わう。その行為にこそ本を読む醍醐味がある、と素子は思う。

人生は短い。あとどれくらいの本をそんなふうに読むことができるだろうか。そんなことを考えて、素子はもう一度自分の小さな本箱を眺めた。

『音の柩』の刊行から三カ月。そろそろ次の作品の執筆にかかろうか、と素子は思った。麗子に催促されたわけではもちろんない。彼女は文章については厳しく指摘をしてくるが、執筆を急がせたり期限を設けたりすることは決してなく、あくまで素子のペースで書かせてくれていた。素子にとってそれは大変ありがたいことだった。

実は『音の柩』の原稿を直す作業と同時進行で、構想を練ったり下調べをしていた作品があった。まだはっきりした形は見えていないが、そろそろ書きだしてみようかと思ったのである。実際手を動かして書かなければ、小説は書けない。至極当たり前のことだが、素子は時々そのことを自分に言い聞かせている。

それは何の気なしに読んだ歴史書からヒントを得たもので、素子にとっては初めて挑む歴史小説だった。

江戸時代初頭のまだ鎖国が行われていなかった頃、幕府の命を負った一隻の巨大な帆船がヨーロッパに向けて出航した。その乗組員の中に何かの事情でそのままヨーロッパに残った日本人がいたら。記録に残らないような下のほうの、そう、たとえば船大工の弟子のような。うん、職人がいい。などと構想は膨らんだ。

年表で照らし合わせてみると、その数十年後にバイオリンの名器ストラディバリウスが誕生している。三百年以上経った今でも謎の多い名器だ。これを繋げられたら面白い、と、ふと思った。そこから構想はぐっと具体的になった。

舞台は十七世紀初頭のローマ。体を壊して一人取り残された船大工の弟子の少年。名前は……そう、ニキチにしよう。いいじゃん、ニキチ。素子はこの名前がとても気に入った。名前がついたことでこの船大工の弟子の少年の顔が見えるようだった。作品のタイトルも『ニキチ』にしよう。素子は心の中でうなずいた。

素子は初めての歴史小説『ニキチ』の執筆に取りかかった。

小中高と一貫して歴史が大の苦手で、あまり勉強してこなかった素子は、学校で得た大雑把で中途半端な知識の上に、その後テレビを見たり本を読んだりして得た知識を合わせたくらいの歴史認識しかなく、歴史小説を書くのは若干の不安もあった。だが、昨今、発掘などの調査が進み、新しい文書なども次々に発見されて、学校の歴史の教科書も素子が習った頃とはずいぶん変わってきているという話だし、知識が少ないほうが妙な先入観を持たずに済むのでかえって都合がいいかもしれないと、素子はごく楽観的に考えた。まあとにかく、舞台は十七世紀のローマである。真面目に勉強していたとしても、学校でヨーロッパの歴史をピンポイントでそんなに詳しく習うこともなかっただろう。

素子はとりあえず十七世紀のローマについて書かれた書籍やインターネットの記事などを探した。だが、専門書には大きな歴史の流れは書かれてあっても、当時の人々の生活の様子など細かいことはわからず、インターネットも似たり寄ったりで、結局想像の翼を広げるしかないことがわかった。

素子は腹をくくった。細かいことは考えず、ニキチという十六歳の少年を描いていこう。今も昔も人間のやることや考えることはそう大して変わりはないだろう。素子は持ち前の、良く言えばおおらかさ、悪く言えば大雑把さで、『ニキチ』を書きだした。

十六歳か。さすがに若いなあ。と、素子は思った。

昼下がりのサンルームで午後の水分補給の時間。ストローでお茶をすすり、テレビの情報番組を見ているところだった。プラズマテレビの大画面には軽快にサッカーボールを蹴る少年が映し出されていた。この少年が文芸誌『シリウス』の新人賞を最年少で受賞した小橋ゆずるだそうだ。ボールを蹴り損ねて時々照れたように笑う。その笑顔にはあどけなさが残り、どこにでもいる普通の男の子だった。なかなかかわいい顔をしていて、テレビ映りもいい。

『シリウス』の新人賞と言えば素子の受賞した『文藝空間』の小説グランプリと同様、作家デビューの登竜門としても有名で毎年二千を超える応募が集まる非常に競争率の高い関門。アマチュア作家にとっては憧れの賞である。この賞を十六歳という若さで受賞したということで、小橋ゆずるはこのところマスコミによく取り上げられている。

受賞作は『夢の住む場所』。三〇〇枚超えの長編小説である。

実はこの受賞作を素子は早々と読んでいた。作者が十六歳の少年だということに正直好奇心がくすぐられるのを覚えた。今書いている小説の主人公のニキチも十六歳。だからというわけでもないが、そんなこともあって、なんとなく読んでみたくなった。

インターネットの通販サイトで注文してみると、案の定、帯には「十六歳」の文字がでかでかと躍っていた。しかし中身を読んでみると普通に面白い小説だった。読み応えもある。さすがに賞を取るだけのことはあるな。読み終わって素子は、いい本に出会ったという満足感に浸った。

でもこの物語を読む上で、作者が十六歳であるという情報は必要だろうか。

素子は本の帯を眺めてふとそう思った。

私小説やエッセイなら、作者についての情報、年齢や性別、生い立ちや経歴、その他もろもろの情報はあってもいいと思う。詩や短歌といったものも作品の背景として作者の生活風景がちらちら垣間見えても構わないと思う。しかし小説にそれがついてまわるのはどうなんだろう。

十六歳……にもかかわらず。

十六歳……だからこそ。

そんな枕言葉をつけてこの小説を評価する人もいるが、素子はそれには少なからぬ違和感を覚えた。

たしかに十六歳で小説を書き賞を取るというのはセンセーショナルなことだ。素子自身も作者が十六歳というのでなければこの小説を読むこともなかったかもしれない。しかしそれはきっかけに過ぎない。実際その小説を読んでみると、作者の年齢などどうでもいいという気がした。というか、「十六歳にもかかわらず」という意識でこの小説を読むのはとてももったいない気がするのだ。もっと言うなら、そんな読み方はこの小説に対して失礼だと素子は思う。

小説は本になって物語としてこの世に放たれた以上、それはもう作者のものではない。作者の手を離れた瞬間から物語としての命を生き始めるのだ。書き手が十六歳だろうと四十六歳だろうと読み手には関係ないことだ。だからこそ書き手は自由に書けるのだし、読み手も書き手も物語の中でどんな人生をも自由に生きることができる。それが小説の醍醐味だと素子は思うのだった。

もしわたしの小説に、作者が重度の脳性マヒだという情報がくっついていたらどうなっていただろう。素子はそれを考えずにはいられなかった。


テレビの前では、このあどけない高校生作家の話題でひとしきり盛り上がっている。

「この子、すごいねえ。十六歳で小説書くんやて」

「十六歳っていうたら、高一け？　いやあん、こないだまで中学生やったんやあ」

「賞金五百万円やて。いいなあ」

「それだけでないやろ。これから本売れたら印税も入ってくるやろし」

「ふうん」

「がっぽがっぽやん」

「あーあ、五百万円もろたら、おれ、何すっかなあ」

「わたしやったら絶対ライブ行きまくりやなあ」

という声に顔を上げると、声の主は素子の担当ワーカーの愛ちゃんだった。素子は思わず笑ってしまった。愛ちゃんはアルキメデスとかいうバンドにはまっていて、よく東京や千葉の幕張までライブに出かける。チケット代のほかに交通費や宿泊費などいろいろかかり、出費が嵩むとぼやいていた。

「そう言えばこの本、こないだ加納さんがネットで注文して届いとったよね」

取らぬ狸の皮算用からいきなり話を振られて素子は目を丸くした。

「へえ、そうなんや」

と、どこかで声がした。

「もう読んだん？　どうやった？　面白かったけ？」

と問われ、後ろのほうでお茶を飲んでいた素子は、もぞもぞと左手の親指を立ててイエスのサインを出した。

「ほうか。加納さんが面白いって言うんなら間違いないね。わたしも読んでみようかな」

ケアワーカーの園田さんが言った。園田さんは無類の読書家で素子とはよく読書談義をする仲だった。

素子はにっこり笑って、ええ、ぜひ、と言うように、園田さんに向けて左手の親指を高く上げた。

『ニキチ』の執筆は少しずつではあるが、順調に進んでいた。

予定している筋書きでは、主人公のニキチは最終的にはバイオリンを作ることになるのだが、調べてみると、家具職人がバイオリンの修理をすることもあるらしいことがわかり、素子はまずニキチを家具職人にすることにした。ただの家具職人ではない。天才的に腕のいい家具職人だ。小さいときから船大工の親方に仕込まれて鍛えられた木材を扱う技量は、異国の地でひょんなことから見出され、認められていく。親友もでき、仲間にも恵まれるが、彼の腕を妬み、嫌がらせをする者も出てくる。しかしニキチはそんなことは気にせず苦にもせず、ただ嬉々としてひたすら仕事に励んでいる。

素子はニキチの人柄について、こんなふうに描こうなどと意識したことはなく、ただ設定した場面で起こるであろうと想像される出来事を書いているうちにニキチの顔がだんだんはっきり見えてきて、そのニキチの持つ空気に引っ張られるように物語が展開していくという不思議な感覚を味わっていた。ニキチならこんな場合どうするだろうか。そのことだけに心を傾けながら、素子は小説を書き進めていった。まるでニキチと一緒に素子も物語の中を生きているかのようだった。

異国で家具職人として黙々と仕事をして十数年、あるときニキチは友人のバイオリン弾きが酔っ払いに絡まれてバイオリンを壊されたという話を聞く。大事な商売道具のバイオリンを壊され、修理代を工面することもできず困っているという。ニキチは自分にできることはないかと考え、バイオリンの修理を申し出た。同じ木材で出来ているとはいえ、楽器についての知識のない一介の家具職人のニキチは文字通り手探りでバイオリンの修理を始める。まず壊れたバイオリンを分解し、楽器の仕組みを調べる。分解しながらニキチは友人にとってそれがただのバイオリンではなく、仕事の大事な相棒だということに思い至る。責任を感じたニキチは、いきなり修理に取りかかるのではなく、一度最初からバイオリンを作ってみようと思った。それからニキチのこれもまた文字通り手探りのバイオリン作りが始まる。そして同時に素子もまた頭の中で手探りでバイオリン作りを始めることになった。

もちろん素子とて、作家ではあるがプロになりたてで、ついこの間までは一介の無職の重度障害者に過ぎず、バイオリンについての知識はおろか、バイオリンを間近で見たこともなければ触ったこともなかった。

とりあえず素子はネットでバイオリンの構造について調べてみた。バイオリンというのは意外と簡単な構造で、中はほとんどがらんどうだった。魂柱という小さな一本の棒が、バイオリンを形作っている表と裏の板の振動を伝えて音を増幅・共鳴させ、響かせるらしい。

さらに調べてみると、『バイオリンの作り方』というサイトがあった。写真入りでかなり詳しくバイオリンの作り方が説明されている。こんなん見てバイオリンを作る人もおるんかなあ、と素子は思った。

「何見とるが？　あ、バイオリンの作り方？　加納さんバイオリン作るんけ？」

同室の高田さんの用事で来ていたワーカーの大隈さんが帰り際、通りすがりに素子のパソコンの画面を後ろから覗き込んで尋ねた。

素子は笑って手を横に振り、そんなわけないやろ、というように否定した。

「なんじゃあ、違うんか。加納さん何でもできそうやし、バイオリンまで作るんかと思ったわ」

大隈さんは冗談とも本気ともつかない調子でそう言って笑った。

「へえ、こんなサイトもあるんやね」

と、大隈さんはなんだか名残惜しそうにしばらくパソコンの画面を眺めていたが、やがてナースコールに呼ばれて、

「あ、いかん、仕事、仕事」

と言いながら次の仕事に戻っていった。

『バイオリンの作り方』のサイトは素子の頭の中のバイオリン作りにはとても参考になったが、ニキチのいる十七世紀のローマには存在しない「市販のもの」が時々使われていて、素子はその「市販のもの」が出てくるたびにまた手探りでニキチの手元にありそうな代用品もしくはそのものの元々の作り方を考えなければならず、それもまたネットを駆使して、時代的に矛盾がないように丹念に調べていった。

そのようにして素子は粛々と小説『ニキチ』の原稿を書き進めていった。そしてそろそろ第

一稿が書き上がろうとしていた頃だった。

朝食前のサンルーム、素子はテレビの情報番組を見るともなく見ていた。

施設の朝は早い。限られた人数の夜勤ワーカーが朝食の時間までに大勢の入所者を起こし、朝の身支度を済まさなければならないからだ。中には四時ごろから起きている入所者もいる。ナースコールに呼ばれて慌ただしく走りまわる夜勤ワーカーを尻目に、素子たち入所者はサンルームでテレビを見たり新聞を読んだりして朝食前のひとときを優雅に過ごしている。

テレビではいつものように軽やかなBGMとともに少し騒がしいとも思える女性アナウンサーの声が、流行のファッションやスイーツなどの情報を紹介している。

その明るい雰囲気の中、突然ニュース速報が入ってきた。関東のどこかの障害者施設で事件か事故が起こったらしい。けが人が何人か出ている模様だという。画面の向こうのスタジオ内の空気は一変、騒然となった。何が起きたのだろう。ガス爆発でもあったのだろうか。障害者施設と聞いて素子はなんだかとても気になった。

朝食を終えて再びテレビを見ると、そこには青いビニールシートが張られた大きな建物が映り、紺色の制服を着た作業員や白衣を着た救急隊員が厳しい表情でその中を出入りしている。字幕テロップには、北陸に住む素子にはあまり馴染みのない関東地方の地名や障害者施設のほのぼのとした名称とともに、死傷者とか犯人、殺傷などといった、障害者施設のニュースに出てくるにはおよそそぐわない言葉が並んでいた。情報番組は予定を変更してそのニュースの最新情報を慌ただしく伝えていた。

新しい情報が入り、事件の詳細が明らかになるにつれ、素子は暗澹たる気持ちになった。知的障害者施設の元職員の男が、以前の職場であるその施設に真夜中に忍び込み、寝ている入所者を次々と刃物で刺したという。死者も出ているらしい。容疑者の男は犯行後まもなく自ら警察に出頭して逮捕された。「意思の疎通ができない人たちを刺した」と供述しているという。

周りを見るとサンルームには誰もおらず、テレビを見ているのは素子だけだった。そういえば今日の午前中のレクリエーションはカラオケだった。わりと人気のあるレクリエーションで、素子はめったに参加しないが、いつも早くから常連の利用者たちが食堂に集まっている。素子は少しほっとした。

テレビでは事件のニュースを一旦打ち切り、芸能人の不倫のスキャンダルを報じ始めた。素子はテーブルにあったリモコンに手を伸ばしてテレビを消し、『ニキチ』の第一稿を仕上げるべく部屋に戻った。


『ニキチ』の第一稿は程なく無事に仕上がった。素子はそれをいつものようにメールに添付して担当編集者の麗子に送った。初めて書いた長編小説『音の柩』の刊行から約二年、前回に引き続き、今回の『ニキチ』も三〇〇枚超えの、素子にとっては超大作。その上初めて挑戦する時代ものだった。麗子には執筆中も何度か途中経過を報告していたが、まとまった原稿を送るのは初めてで、素子はなんだかどきどきした。

原稿を送って三日ほど経った頃、麗子から『ニキチ』の感想とともに、例の如く手直しを指示するメールが届いた。

メールの中で麗子は驚いていた。今まで特に時代や場所を設定せず、普通に現代小説を書いていた素子だったが、麗子は厳しい指摘を挟みながらもその力量を認めてくれていた。ところが今回は十七世紀という時代もので、しかも舞台は日本ではなくローマ。メールで大体の話は聞いていたが、そのような難しい設定で、作家としての経験も少ない素子がどこまで書けるか、麗子は「失礼ながらいささか懐疑的だった」という。ここまで書き上げるとは正直思っていなかった、と麗子はメールに書いていた。

バイオリンについての専門的な知識も随所に入れてあり、読み応えもある。時代という縛りについても、しっかりと調べてあって、矛盾するところはない。しかも時代小説特有の古臭さがなく、現代小説と変わりなく自然に面白く読める。何より遣欧使節団の船に乗ってヨーロッパに連れて行かれた日本の船大工の少年が、のちに名器ストラディバリウスの誕生に影響を与えるというストーリー展開がとても面白い。少し抑えた調子ではあったが、麗子のメールにはそんな褒め言葉が並んでいた。

修正しなければならない箇所ももちろんあった。たとえばバイオリン奏者が楽器を扱う場面の細かい描写だ。原稿では、ネックを掴んでバイオリンを持ち上げる、と書いたのだが、バイオリンのネックというのは大変繊細で折れやすく弱い部位なので、奏者は通常そういう乱暴な扱いはせず、ちゃんとバイオリン本体を抱えるように持ち上げるそうである。麗子は昔バイオリンを習っていて、その方面の知識は多少あるということだった。実際バイオリンに触れたことのない素子にとってそれは知る由もないことだ。取材をせず、ネットの情報だけで小説を書くというのはやはり限界があるのだろうか。素子はふうと息をついた。

いずれにしろ普段手厳しい批評をしてくる麗子の褒め言葉は真実味がこもっていて、素子は素直にうれしかった。麗子からのメールを表示したパソコン画面をしばらく眺めていた素子は、やがておもむろにキーボードを操作し、メールに書かれている指示通り『ニキチ』の第一稿の手直しの作業に取り掛かった。

原稿の手直しが一段落して、キーボードを打つ手を休めている素子の耳に、ルームメイトの高田さんのテレビからまたあの言葉が聞こえてきた。「意思の疎通ができない障害者は生きていても仕方がない」。例の関東地方の障害者施設殺傷事件の容疑者が供述したという言葉である。十九人もの人の命が奪われるという衝撃的で残虐な事件から一カ月あまり、テレビのニュースや情報番組、ワイドショーでアナウンサーが何回も繰り返すその言葉を聞くたびに素子は、重い石を胸に入れられたような、心を石にされたような、冷え冷えとした気分になった。

意思の疎通ができない障害者。それは素子にも当てはまるかもしれないのだ。言語障害があり、顔の表情も障害由来の緊張のためわかりにくい素子は、この施設の中ではジェスチャーや筆談でだいたいコミュニケーションはとれているが、たとえば他の病院に入院したりすると、障害に対する認知度が低いため意思の疎通が難しくなり、結果何もわからないのではないかと誤解されることも多い。そのとき目の前にいた人たちにとって素子は紛れもなく意思の疎通ができない障害者だ。そう思うとなんとも言えない気持ちになる。

そして、それとは別にもう一つ、この事件で気になることが素子にはあった。それは今回の事件で犠牲になった被害者の顔も名前も公表されないということだ。このような事件では通常被害者の実名や生前の暮らしぶりや人となりなどが報道されて、視聴者はそういう背景を持った一人の人間の人生が無惨にも犯人によって突然終わらされたことを知り、その命が奪われたことの重大さを改めて感じることができるのだが、今回の事件に関しては、死亡した十九人の被害者の実名も顔写真も一切報道されていない。ワイドショーの司会者やコメンテーターは、犯人あるいは犯行に対して激しく非難はするが、被害者についての情報が少ないことには誰も言及しない。話題が被害者に向くのを意識的に避けているように素子には思えた。なぜだろう。知的障害があるとはいえ、亡くなった十九人の被害者一人一人にそれぞれ名前があり、家族があり、生活があったはずだ。それらの情報が暗黙の了解のように伏せられていることに、素子は、なんとも言いようのない、もわっとした違和感を感じた。

他の人はどんなふうに考えているのだろう。素子はふとルームメイトのほうを見た。高田さんは黙ってテレビ画面を見ていた。こちらに背を向けてベッドに横になっている高田さんの表情は素子にはわからなかった。お互いに言語障害があり、年齢も少し離れているせいか普段からあまり会話のない高田さんとは、事件についても話したことがない。思えば施設の中でこの事件のことが話題になることはほとんどなかった。同じ障害者施設で起こったあまりにも凄惨な事件なだけに、誰もが、どんな言葉を使って話したらいいのか、戸惑っている感じだった。あるいは遠いところで起こった事件だと思っているのかもしれない。いずれにせよ素子もまた進んで話題にはせず、淡々と普通に日常生活を送っていた。

素子は事件についてしばらく考えていたが、やがて考えるのを一旦やめ、目の前の『ニキチ』の原稿の手直しに集中すべく再びキーボードを打ち始めた。

『ニキチ』の第一稿の手直しはひと月半ほどで終わった。同じように第二稿、第三稿と麗子の厳しい読み込みと指摘で細かい手直しを繰り返し、素子自身もパソコンの読み上げ機能を使って何回も原稿の音読を聞き、文章のリズムを整えた。そして第一稿を書き上げてから半年ほどでようやく決定稿となった。

大舞薫の初めての時代小説『ニキチ』は、すぐに単行本にするのではなく、雑誌『文藝空間』の目玉企画として巻頭に掲載されることになった。『ニキチ』は大舞薫にとっては前作の『音の柩』からほぼ三年ぶりに発表する作品だった。多くの人気作家がテレビのトーク番組などに登場したり雑誌のインタビューを受けたりするなか、その三年の間雑誌や新聞に文章を書くでもなく、テレビに出るでもなかった。デビュー後一貫してマスコミへの露出が一切ない、依然謎に包まれた作家大舞薫のこの新しい時代小説は、ファンにとっては待ちに待った待望の新作であり、とくにファンでなくても久々に聞く作家の名前ということもあるのだろう、注目度は高いようだった。

目玉企画は大当たりだった。電子書籍の台頭で久しく続く出版業界の不況の中、発行部数を落とす文芸誌も多く、『文藝空間』もその例外ではなかったが、大舞の新作が載ったその号は発売前から予約する読者も結構いて、常になく部数を伸ばした。

『ニキチ』に対する読者の反応もすこぶる好評で、担当編集者の麗子のもとには、いつ単行本になるのかという大舞薫の熱心なファンからの問い合わせが続々と届いていた。

普段は冷静沈着な麗子が少々興奮気味に状況を報告してくるメールを読みながら、素子はそれが自分に関する出来事だということが信じられなかった。前の二冊の単行本が出たときもそうだったが、どこか遠い、自分とは関係のないところで起きている出来事のような気がした。事実、素子を取り巻く環境は何一つ変わらず、素子は相変わらず静かな北陸の郊外の田んぼに囲まれた身体障害者支援施設で普段通りの生活を営々と続けていた。

『ニキチ』の原稿の手直しの作業から解放されて以来、素子は執筆活動から少し離れて、好きな本を読んだり、ビデオに録り溜めていたテレビドラマなどを観たりして、久しぶりにリラックスしていた。

たまにリアルタイムで見るテレビの情報番組では、例の関東の障害者殺傷事件からちょうど一年ということもあってこのところ再び事件のことが取り上げられることが多くなっていた。容疑者は自分の起こした事件について今も反省をしていないらしく、被害者の家族に対しては謝罪の言葉を述べているが、被害者本人に対して一切謝罪をしていないという。相変わらず「意思の疎通ができない障害者は生きていても仕方がない」という考えを主張していた。ネットではそういう容疑者の考えに同調するような書き込みも出てきているらしい。アナウンサーが読み上げる書き込みの、その顔の見えない匿名の声に、素子はなんとも言いようのない暗い気持ちになると同時に、言い知れない恐怖を感じた。

亡くなった被害者の氏名も、相変わらず公表されていなかった。これは被害者遺族の意向だということだった。家族に障害者がいることで差別されるのを恐れてのことだろうという。それを聞いて素子は愕然とした。

素子は若いときに同じ障害者施設にいた年配の利用者から聞いた話を思い出した。素子とは親子ほど歳の離れたその人は、子供のころ家に人が訪ねて来るたびに押入れに隠れていたそうだ。そして来訪者が帰ったあと、ひょっこり押入れから出てきたのだという。にここと笑いながら何か隠れんぼの話をするように楽しそうにその人は話していた。素子自身はそのような経験はまったくなかったので、そういう、障害を持った子供を隠さなければならない時代があったんだなあと、遠い昔のことのように思ったものだった。それが二十一世紀の今もまだ続いているのだろうか？　この科学の進んだ日本で？　さまざまな情報があふれる自由の国日本で？

もとより一人の人間の情報処理能力には限界がある。どれほどたくさんの情報があったとしても、人は自分の興味のある情報、あるいは今現在自分に有益な情報しか取り込もうとは思わない。かえって情報が多くなればなるほど、細分化され、障害者福祉に興味がある人でないと障害者についての知識も情報も得たいとは思わないだろう。わたしがもし健常者だったとしてもよほど障害者に興味を持つきっかけがない限りきっとそんなに積極的には障害者について知ろうとは思わないだろうな、と素子は思った。情報が氾濫するこのようなネット社会では、障害者に直接縁のない一般の人には障害者についての正しい知識が逆に伝わりにくくなっているのかもしれない。素子は何かもどかしいものを感じた。

麗子から『ニキチ』が曲木賞の候補にノミネートされたというメールが来たのは、作品が雑誌に掲載されて三カ月ほど経ったころだった。少し抑えた感じのメールの文面はいつもより事務的で、それがかえって麗子の高揚した気持ちをよく伝えていた。さまざまなメディアからの問い合わせが殺到して雑誌『文藝空間』の編集部内は俄かに騒がしくなり、麗子はその対応に追われているらしい。

『ニキチ』が曲木賞を取るかもしれない。素子は心の中でつぶやいてみた。

たしかに『ニキチ』は素子が書いた小説である。素子としては今まで以上に苦労してかなり頑張って書いた作品だ。作家としての手応えもあった。その努力が報われたのだと思えば、素子としてはうれしいのはうれしいし、光栄なことだとは思うのだが、しかし曲木賞候補とは。素子はますますその、自分が苦労して書き上げた小説『ニキチ』を取り巻く状況が、自分とは関係のない遠い世界の出来事のように思えて、どうしても実感がわかなかった。

　さらに困ったことに、もし『ニキチ』が曲木賞を受賞するようなことになれば、作者である大舞薫の素性をこれ以上隠しておくわけにはいかなくなるかもしれないと麗子はメールに書いていた。それは出版社の上層部からのお達しだそうだ。曲木賞といえば清川賞とともに文学界の最高峰の賞であり、普段は本を読まない人間でも名前だけは誰でも知っている。曲木賞作家となればその素性を知ろうとマスコミが奔走するのは明白である。そうなればいくら周到に隠していても大舞薫の素性がわかるのは時間の問題だ。その前にこちらからすべて明かしたほうがいいのではないか、というのが上層部の意見だった。だいたい天下の曲木賞を受賞するのに顔も出さないのは賞の主催者に対しても世間に対しても失礼ではないか、などと言う、事情をよく知らない宣伝部長もいるそうだ。

　大舞薫の素性を明かすということについてどう思うか、素子の意見を聞きたいと麗子は言うのだった。

　素子が大舞薫だということが知られたらいったいどういうことが起きるのだろう。素子は考えてみた。

　普段小説を書いているときは逞しい想像力を存分に発揮する素子だったが、今自分の身に起ころうとしていることについてはその想像力がどうもうまく働かなかった。ただ、今までと同じように施設で介護の心配もせず生活のことは何も考えず執筆だけに専念することは難しくなるだろうということは、ぼんやりと想像することができた。素子にとってそれは非常に困ることだった。

　それと、素性を隠すそもそもの理由は、もし大舞薫が重度の脳性マヒだということがわかれば、作家の持つ強烈な特徴であるその障害だけに注目が集まって作品が正当に、というか純粋に小説として読まれないのではないかという素子の懸念だったのだが、大舞薫が作家としてある程度世間に受け入れられつつある今となっては、それがどういうことになるのか、素子にもよくわからなかった。

　大舞薫の小説を熱心に支持してくれる読者もいる。今の時点で大舞薫に障害があることが知れても、その作品が単に障害者が書いた小説という安直な読み方をされることも、まあないだろう、とは思う。大舞薫という作家はそれくらいの世間的な信頼は得ているのではないか、とも思う。だが、しかし絶対そうかというと、素子にはまだそこまでの作家としての確固たる自信も確信もなかった。何よりも、謎の作家大舞薫、という居心地のいい隠れ蓑を手放したくないというのが素子の本音だった。

さて、どうしよう。素子は途方に暮れた。

いっそのこと受賞を辞退してしまおうか。素子は一瞬本気でそんなことを考えた。しかしそれでは出版社や麗子に多大な迷惑がかかる。素子が今まで素性を伏せて作家活動を続けてこられたのは、素子の考えや意向を理解し、障害を持っているという事情を考慮していろいろサポートしてくれた出版社の上層部や麗子のおかげである。少なくとも麗子や出版社に迷惑をかけるわけにはいかない。素子は考えあぐね、麗子へのメールの返事を一日延ばしに延ばしていた。

そして、曲木賞のノミネートを知らせるメールから十日ほど経った頃、麗子から再びメールが来た。素子は前のメールの返事をしないまま、その麗子からの新着メールを開いた。

麗子はメールで、意外な提案をしてきた。


それは驚くべき提案だった。

先生がもしどうしても表舞台に立つのを避けたいとおっしゃるのなら、と、麗子はその提案について語り始めた。

それは簡単に言えば大舞薫のマスコミへの対応専門の代役を立てるということだった。つまり別の人間が素子の身代わりになって大舞薫として表舞台に立つということである。タレント本などで本人に代わって文章を書くのがゴーストライターならば、言わばそれの逆パターンだ。

先生がお望みならば会社でその代役を雇うこともできるし、費用も会社が負担する。そうすれば先生には今まで通り施設で静かに執筆活動を続けていただけると思うし、先生が懸念されている、障害者だという素性が世間に知られるということもない。

ただ、そういうことは麗子にとってはもちろん、会社にとっても、広く出版業界においてもおそらく例のない前代未聞のことで、先行きどうなるか見当もつかない。一旦実行に移してしまえばもう後戻りはできないし、それは大袈裟に言えば世間を欺くことにもなる。脅すわけではないが、実行すれば会社ぐるみの内密の図り事なので、ばれれば会社が負うリスクも相当に大きいだろう。そのことを十分ご理解いただいた上で先生のご意見をお聞きしたい。と、麗子は言うのだった。

そして、これはわたしの個人的な意見ですが、と前置きした上で、麗子は最後に、

「この計画は、作家・大舞薫や会社が私利私欲を追求するためのものではなく、あくまで大舞薫の作家としてのステータスを守るためのものなので、万が一世間に知られるようなことがあったとしても、会社として世間に対する申し開きは十分できると思います。ですので、会社のことはあまり考えず、先生は先生のなさりたいことだけを考えてくだされぱいいと思います。

もちろんこの提案は曲木賞の受賞が決まった場合のためのもので、もし落選した場合はこの計画は一旦白紙になります。しかしたとえ今回が駄目でも、こういうことはこれから先も十分あり得ることなので、それも合わせてよく考えていただきたいと思います。よろしくお願いします」

と、メールを締めくくっていた。

読み終えて、素子はため息をついた。

さて、どうしよう。

どうする？　素性を、明かすか？　素子は考えた。

障害を隠したいわけでは決してない。障害を恥ずかしいと思ったこともない。物心ついたときから素子の周りには障害を持った友達がいっぱいいた。自分の障害を恥ずかしいと思うことはその友達の障害を恥ずかしいと思うことと同じで、それはすごい何というか、失礼なことだと思っていた。子供の頃の語彙にはたぶん失礼という言葉はなかったと思うが、言葉は知らなくても子供なりにそういう感覚で考えていたのだと思う。

では何を恐れているのだろう。障害の持つ特殊性。普通の人が普通に生活している中では出会うことはまずない外見。言わば多くの人々にとって障害を持っているということはそれだけで非日常なのだ。たとえば手が動かない人が足で字を書くと人々はそれだけで驚き、感動する。だが、手が動かない人にとって足で字を書くということは特別なことではなく、ただの生活の一部だ。障害者にとって日常の普通のことが、それ以外の多くの人々にとっては非日常の「感動的な物語」になってしまう。しかもインパクトがある映像つきのドキュメンタリーである。

素子が表舞台に立ったとき、世間の人々はどんなドキュメンタリーを想像するだろう。そのドキュメンタリーに、大舞薫の小説は埋もれてしまわないだろうか。あんなに苦労して書いた物語たちが、車椅子に乗っているとか、アテトーゼによる不随意運動といったつまらない身体的特徴のインパクトに負けてしまうかもしれないと思うと、素子は心の底から悔しかった。

素子は再びため息をついた。

麗子のメールが表示されたパソコンの画面を素子はしばらくぼんやりと眺めていたが、やがてパソコンを閉じ、外の空気を吸うべく電動車椅子を操作して部屋を出た。


外は北陸の冬にしては珍しく気持ちのいい快晴であった。採光の行き届いた玄関ホールはいつにも増して明るく、入口の自動ドアのガラス越しに春のような陽射しと何日かぶりの青空が見えた。

電動車椅子を自動ドアの前まで進めると、ブーンというモーター音とともにピカピカに磨かれたガラス戸はするするとスライドした。開いたドアからは冷たい外気が流れ込み、素子の頬をさっと撫でた。冬の匂いがした。

ドアが開く音に気づいた事務の小林さんが受付の小窓から顔を出した。

「あれ、加納さん散歩行くがけ？　気ぃつけてね。今日は天気いいし、気持ちいいねえ」

小林さんは小窓に頬杖をついて目を細め、素子が出て行こうとしている外のほうを眺めながらのんびりとした調子で言った。

素子は右手で電動車椅子のコントロールレバーを握り、左手を上げてイエスのサインを示しながら外に出た。散歩の始まりだ。

散歩といっても施設の敷地から出るわけではなく、建物をぐるりと囲むように舗装された通路を一回りしてくるだけのことだが、百人を超える入所者を収容するこの施設は敷地も広く、一回りするだけで結構な距離を歩くことになる。施設の入所者やスタッフたちはそれを「散歩」と呼んだ。

素子も執筆に行き詰まったときなどによく「散歩」をする。周りが田んぼで見晴らしもよく、天気の良い日の「散歩」は気分転換にはうってつけだった。しかし冬のこの時期に散歩ができる日はめったになく、その貴重な晴れの日が今日だったことを素子はありがたく思った。

暖房の効いた屋内から出るときは少しひやりとしたが、陽射しがあるせいか一旦外に出てしまえばそんなに寒くもない。素子は玄関前の広い駐車スペースを通り、建物の裏手へと向かった。

散歩コースの通路に沿って車椅子を走らせると、冬でも美しい濃い緑の山茶花の生垣が施設の敷地を囲むように植えられており、大ぶりの赤い花がぽつんぽつんと咲いていた。北陸も昔と違って、雪は降るには降るが、このところ降れば解けるを繰り返し積雪らしい積雪もない。地面のアスファルトもすっかり乾いていた。生垣の隙間から見える冬枯れの田んぼにも雪はほとんど残っていない。それでも遥か向こうの山のほうはさすがに白くなっている。

そんな、片側を生垣で囲われた散歩ロードの途中で素子はふと、車椅子を通路の脇に寄せて止め、座ったまま背筋を伸ばして遠い山並みを眺めた。そしてその姿勢のまま大きく息を吸い込んだ。鼻から喉へ、そして肺へ、冷たい風が通り抜ける。胸の中の淀んだ空気が少しだけ薄まるような気がした。素子は悩みごとをしばし忘れ、雪をかぶった遠い山並みを眺めた。

やがて素子は散歩を続けるべく車椅子を通路の中央に戻した。

そのとき何の脈絡もなくあるアイデアが浮かんだ。

その突拍子もないアイデアに素子は自分ながら驚いた。電動の速度を高速から低速に変え、車椅子をゆっくり走らせながら素子はそのアイデアについて考えた。頭の中で矯めつ眇めついろんな角度から考えて、それが案外一番いいアイデアかもしれないと、素子には思えてきた。

それは、大舞薫という名前を捨てるというアイデアだった。


え？

素子のメールを読んで、麗子は驚きのあまりあやうく声をあげそうになり、慌てて口を押さえた。

大舞薫にマスコミ対応の代役を用意するという、先に提示した麗子自身の案も相当に常軌を逸していたが、よりにもよって、その作家・大舞薫の名前を捨てるとは。

ただの新人作家のペンネームではない。超売れっ子というほどではないにせよ、本を出せばそこそこ売れ、今また曲木賞候補にノミネートされるまでになった作家・大舞薫の名前を、である。

今や大舞薫は押しも押されぬ人気作家の一人だ。ここまで来るには大舞本人の才能や努力ももちろんあるが、その背景には出版社という大きな後ろ盾があり、麗子も編集者として協力を惜しまずサポートしてきたつもりである。素子の要望通り障害者であることは伏せた上で作家活動を続けられるように配慮し、しかも障害を持った素子の体力面を考え、原稿依頼の窓口にまでなっている。そこまでする必要があるのかと上司に言われ、売り上げや利益を優先する会社側ともめることも一度や二度ではなかった。そうしてようやく築き上げてきた大舞薫の名前をこんな簡単に捨てるというのか。そう考えると麗子は少なからず穏やかならざる気持ちになった。

気がつくと麗子はシャープペンシルの芯を意味もなく折っていた。五ミリほど出してはメモ用紙の上で力を入れてわざと折る。それを何度も繰り返していた。ポキポキと小気味よい音を立ててたやすく折れるシャープペンシルの芯は無防備に無抵抗に麗子の虐待を受け入れていた。ペンの中の芯がなくなると、麗子は飛び散った芯の残骸を拾い集め、何事もなかったようにメモ用紙にくるんでゴミ箱に捨てた。

築三十年の古い本社ビルの三階。麗子の所属する文芸書部門の編集部が入っているこの部屋は暖房が程よく効き、いつになく静かだった。スタッフはみんな取材や打ち合わせなど外回りに出払っていて、残っているのは麗子と古参の男性編集者が一人。壁にかかる装飾のないスチールの大きな時計は午後三時を指している。

麗子はデスクに座ったままぐっと伸びをした。そしてゆっくりと首を回し肩を回し、それから深呼吸を一つした。そうして気持ちを落ち着かせてから再びパソコンに向かい、今一度素子からのメールを読み返した。

もしも曲木賞を受賞することになってマスコミ対応の身代わりを立てるようなことになったら、わたしは大舞薫の名前を捨てようと思う。そして今後一切大舞薫の名前で小説を書かないつもりだ。身代わりを立てて小説を書き続けることは嘘をつき続けることになり、いずれは会社にも迷惑をかけることになるだろう。第一、読者に対しても失礼だ。そもそも素性を隠しているること自体が失礼なのではないかと言われればそれまでだが、隠すよりも嘘をつき続けることのほうが罪は重い。この機会に思い切って素性を明かしてしまおうかとも考えたが、障害というこのビジュアルのインパクトに負けないものがわたしの小説にあるのかどうか、正直自信がない。いろいろ考えてみたが、今のところ、この、大舞薫の名前を捨てるということのほかに考えが浮かばない、と素子のメールは結んでいた。

読み終えて麗子はため息をついた。どうやら本気のようだ。それもよくよく考えてのことらしい。気持ちはわからなくもない。身代わりを立てた状態で小説を書き続けることはできないというのも一応筋が通っている。だが、大舞薫の名前で小説を書かないということは今後素子はどうするのだろう。小説を書くこと自体をやめるつもりなのだろうか。それとも別の名前で書くつもりなのか。どちらにしても相当な決断である。それ相応の覚悟も要る。そんな大変な思いをするくらいならばいっそ障害を持っているという素性を明かすほうが、と麗子は思ってしまう。障害を持っていることを知られるということは、作家・大舞薫にとってそんなにダメージを伴う重いことなのだろうか。

障害を持っていること自体がダメージなのではなく、見た目のインパクトが問題なのだと素子は言う。小説の内容よりも作者の見た目のほうが目立ってしまうのではないかと言うのだ。

せっかく書いた小説よりも、重い障害を持った作者の見た目とそのビジュアルから連想されるお決まりの「感動的なドキュメンタリー」のほうに読者の興味がいってしまうのではないか。そういうことがなんとしても悔しい。と、素子は言う。それは麗子にもわかるような気がする。しかし、大舞薫は今や曲木賞にノミネートされるくらいの作家である。そのようなレベルになっても、そういうことはやはりついて回るのだろうか?

もう少しご自分の作品の力を信じてもいいのではないか、と、麗子は以前素子に提言したことがある。いくら賞を取っても作品に力がなければ誰も読まないし、本も売れない。大舞薫の作品には熱心な読者がついている。本も売れている。お金を出して本を買って読んでくれる読者が相当数いるのだ。それは大舞薫の小説にそれだけの力があるということではないか、と。

その麗子の提言に対して素子は何も言わなかった。否定も肯定もせず、ただ「読者には本当に感謝している」と言うだけだった。そして今、自身の障害を隠しおおすために、これまで築き上げた作家・大舞薫の名前を捨てるとまで言う。まるで苦労して書き上げた作品を自らの障害に対する世間の偏見やお門違いの同情やもろもろのつまらない感情から守ろうとするように。

麗子は再びため息をついた。

「どうした？　田丸さんがため息なんて、珍しいね」

斜め前のデスクから古参の男性編集者、佐伯が声を掛けてきた。デスクの上に雑然と積まれた大量のファイルや書籍に隠れて、お互い顔は見えない。

「あ、ごめんなさい。ため息、ついてました？」

麗子は口元に手をやってきまり悪そうに笑った。

「ああ、かなり大きく深いのを、ね」

佐伯は声に笑いをにじませながら言った。

「ええ？　そうですか？」

麗子もつられて頬を緩めた。

「例の曲木賞問題か」

佐伯は、問うでもなく確認するでもなく、独り言のようにぼそっと言った。

「ああ、佐伯さんもご存じだったんですか」

麗子はできるだけさりげなく答えた。佐伯は同じ文芸書部門でも麗子と直接関わることがなく、素子のことも詳しくは知らないはずである。ここは当たらず触らずでいこう、と麗子は思った。

「狭い部署だからね、いろいろ耳に入ってくるよ。それにしても、曲木賞にノミネートされたらそれだけで普通は手放しで喜ぶところを、妙な具合だね。まったく、物書きという人種の考えることはわからんよ」

佐伯はそう言って今度は自分がため息をついた。

「そうですね」

麗子は曖昧に相槌をうち、すっと席を立った。

「コーヒーでも飲みません？」

給湯室に向かう途中で麗子は佐伯に声を掛けた。

「ああ、ありがとう。じゃあ、お願いしようかな」

佐伯は原稿から顔を上げ、眼鏡を外しながら言った。

「はーい」

麗子はわざと呑気に返事をし、部屋を出た。

給湯室に入った麗子はコーヒーメーカーにペーパーフィルターをセットし、やかんを火にかけ、お湯が沸くのを待った。

さて、どうしたものか。やかんの底を舐める青いガスの炎を見つめながら、麗子は考えた。

曲木賞の発表まであと二週間。もし『ニキチ』が曲木賞に決定して例の計画を実行に移すとなれば、準備を急がなければならない。

この先どういう事態になるのかはわからない。ひょっとしたら素子の気持ちが変わるかもしれないし、そもそも受賞はないということも考えられる。しかしどうなるにせよ、大舞薫の身代わりを立てるというこの計画を実行に移す準備は整えなければなるまい。

今はとりあえずこの計画の準備にかかろう。ぐだぐだ考えるのはあとだ。

麗子は一人うなずき、テキパキと手を動かしてコーヒーの用意を始めた。

駅の地下道から階段を上ると公園前の歩道に出る。時刻は午前六時半を少し過ぎたところ。日の出前の街はまだ暗く、歩道を照らす街灯がやけに眩しい。入社してかれこれ八年、通い慣れたいつもの通勤コースではあるが、こんな時間に歩くのは初めてだ、と麗子は思った。

曲木賞発表まであと二週間。期日は迫っていた。大舞薫のマスコミ対応専門の代役を立てるという前提で事を進める以上、それに向けた準備を急がねばならない。

まず何よりも、肝心の代役を務める人間をどうするかだ。もちろん誰でもいいというわけにはいかない。極秘のプロジェクトだから、最低条件として秘密を守れる人間であることは当然だが、周囲の人間関係がなるべく希薄なほうがいい。それから時間的に余裕があること、そしてできればある程度知性があること。少なくとも作家・大舞薫の代役である。それなりの洗練された語り口や雰囲気もほしい。

と、人選の条件はいくらでも挙げることができるが、果たして実際そんな人間がいるだろうか？　もしいたとして、どこでどうやって探すのだ？　しかもこんな短期間に。

麗子は胃が痛くなるほど考えたが、何のアイデアも浮かばず、取っ掛かりさえつかめないいま一人悶々とした夜を過ごし、明け方部屋を出て、いつもより二時間近くも早い電車に乗ったのである。あれ以上部屋でじっとしているとおかしくなりそうだった。

冬の早朝、オフィス街は人通りもほとんどない。麗子はコートの襟を立て、ポケットに手を入れながら公園前の通りをゆっくりと歩いた。公園の周りにはぐるりと山茶花の生垣が植えられていて、ところどころに赤い花が咲いていた。公園の生垣の花などじっくり見たことはないが、あらためてよく見ると、薄暗い中にも濃い緑の葉に赤い色が映えて美しい。麗子はしばし生垣の花を眺めながら歩いた。

ようやく明るくなりかけた空は薄曇り。風はないが、空気の冷たさが寝不足の頭にしみる。ふと、ポケットから手を出して時計を見た。出勤時間までまだ相当時間がある。が、そろそろ体が冷えてきた。それに昨夜から何も食べていない。食欲はないが、これから何をするにしても何か胃に入れておかなければならない。コンビニにでも寄ろうか、それとも喫茶店でモーニングサービスを頼もうか、と考えたときだった。

急に煮物の良い匂いがした。

「皆さん、並んでください」

生垣の向こうから若い男の声がした。学生かもしれない。

麗子は生垣のほうに目をやった。生垣はつやつやした光沢のある葉が濃く茂り、中を垣間見ることはできなかったが、上のほうにテントの屋根の部分がのぞいていた。どうやらホームレスに炊き出しをしているらしい。ホームレス、と考えて、麗子は思わず眉をひそめた。別にホームレスに対して特別な偏見は持っていないつもりだが、どうもあの身なりが生理的に受けつけない。わたしはまだまだ人間が小さいのだろうか、と考えながら足早にその場を通り過ぎようとした。

と、何かが肩にぶつかった。見ると、見知らぬ男が驚いた顔で立っている。

「大丈夫ですか?」

男は少し慌てた様子で声を掛けてきた。麗子が、大丈夫です、と言うと安心したように、

「すいません、急いでいたもので」

と言って軽く頭を下げた。

男は四十がらみ。カーキ色の作業着の上に黒っぽいコートを羽織っていた。土で汚れた軍手をしていて、造園業者だろうか、と麗子は思った。

「いえ、こちらこそ、ぼうっとしてました」

麗子がそう言うと、男はもう一度頭を下げ、公園の中に入っていった。

男の後ろ姿を見送りながら、妙に落ち着いた物腰の人だ、と麗子は思った。

それから麗子は近くの開いている喫茶店に入り、トーストとコーヒーのモーニングサービスを摂って会社に向かった。

いつもよりかなり早く会社に着いた麗子は、まず机の上を片付け始めた。時間がなくて適当に挟んでおいた書類をきちんとファイルにしまい、出しっ放しのペンや付箋を引き出しにしまった。そして給湯室に行き台拭きを絞って、机の上や電話機などを時間をかけて丁寧に拭いた。自分の机が終わると隣の机も拭いた。そうしているうちに編集室のドアが開き、佐伯が入ってきた。

「お、田丸さんか。早いね」

「あ、おはようございます。なんだか珍しく早起きしちゃって」

そう言って麗子は台拭きを手に給湯室に戻った。

やがてぼつぼつと他の編集者が出社し、その後麗子は会議やら原稿の校正やらで、午前中は雑務に追われて過ごした。

そして昼休み。ふと公園に行ってみようと思った。理由は、麗子自身にもよくわからなかった。

「ちょっと出てきます」

麗子は誰にともなくそう声を掛け、コートを羽織りバッグを肩に掛けて編集室を出た。

朝は曇っていた空が今はすっかり青空になり、日差しが出てきたせいか、そんなに寒くもない。麗子はコンビニでパンとあたたかいコーヒーを買って公園に向かった。

真冬の公園は人影も少なく静かだった。公園にある樹木は大方が落葉樹で、桜はもちろん楡もポプラも裸木のまま、寒々と細い枝を空に向けてひろげていた。枯れた芝生の上では名も知らぬ小さな鳥がちょんちょん跳ねながら何かを啄んでいる。

ベンチに腰掛けてコンビニの袋から缶コーヒーを取り出し、プルタブを引く。缶はまだ熱く、麗子は着ているセーターの袖口を手のひらのところまで引っ張って、両手で缶を包むように持って、ひと口飲んだ。缶の熱さとはうらはらにコーヒーはぬるめで、それでも冷えた体にあたたかく、心地よく食道を通って胃の腑にしみた。

目の前の芝生に小鳥が飛んできて、またどこかへ飛び去る様子を眺めながら、麗子はゆっくりコーヒーを飲んだ。

わたしはいったい何をしているんだろう?

風が吹いて、乾いた枯れ葉が一枚かさかさ音を立てて転がっていった。麗子は空になったコーヒーの缶を手に立ち上がった。視線を上げたとき、向こうから人が歩いてくるのが見えた。朝、公園の前でぶつかった男だった。

「今朝ほどは、どうも」

麗子に気づいて、男は軽く頭を下げた。

「あ、どうも。あの、造園業の方ですか?」

麗子は何気なく尋ねた。

「あ、いえ」

男は何か言い淀んでいたが、まもなく、

「実はわたし、ここに住んでいるんです」

と言った。

「えっ？　ここに？」

意味がのみ込めない。

「そう、この公園に、です」

男は面白がっているようだった。

「………」

麗子はそこではたと気づき、言葉を失った。

「ええ、つまり、ホームレス、ってことですね」

男はまるで他人事のように言った。麗子は思わず男の顔から目をそらした。そのそらした視線に、男が数冊の文庫本を持っているのが見えた。

「ご本がお好きなんですか？」

麗子は、本に救いを求めるように、そう尋ねた。

「ええ、本は昔から好きでね。古本屋で、売れなくて処分寸前の本をただでもらってきました」

そう言って男は、持っていた古い文庫本を麗子に見せた。それはいずれもカバーのついていない色あせた文庫本で、漱石や鷗外といった文豪の作品の他、タイトルから察して哲学書らしきものも何冊かあった。

周りの人間関係が希薄。時間に余裕がある。知性がある。

麗子の頭の中でパズルが嵌まるように、ある図式が浮かんだ。これは大舞薫の代役の条件にぴったりではないか。薫という名前は男でも通用するし、幸い大舞薫の性別はまだ公表していない。

麗子ははやる気持ちを抑え、男に向かって尋ねた。

「あの、仕事をする気はありませんか?」

それから麗子は男を連れて喫茶店に入り、仕事の内容を話した。

男は篠沢茂、四十二歳。ホームレスになった理由は詳しくは語らなかったが、警察沙汰や借金の踏み倒しはないので、顔を晒しても差し支えないと本人は言う。

「いたってつまらないありふれた人生ですよ」

と言って、篠沢は笑った。

ありふれた人生でホームレスになどなるだろうか、と麗子は思ったが、問題になることはないというのは信用できる気がした。

篠沢は報酬には興味がないようだった。それよりも小説家の代役という仕事に興味を持って面白がっているふうだった。

本物の大舞薫である素子のほうの事情も簡単にかいつまんで話したが、篠沢は特に質問を差し挟むこともなく、麗子もあえて詳しく話さなかった。大舞薫になりきるにはそのほうがかえって好都合かもしれないと、麗子は思った。

相談の上、篠沢には発表の一週間前にホテルに入ってもらい、そこで受賞インタビューやマスコミの取材に向けた準備をすることにした。支度金として五万円を渡したあと、

「スーツなどはこちらで用意しますし、ホテル代もこちらで支払います。支度金はその他の細かいものに使ってください。足りなければ補充します。あと、何か必要なものはありますか？」

と尋ねる麗子に、篠沢は、

「その『ニキチ』という小説、読ませていただけませんか。最近の新しい本は読んでいなくて」

と言って照れくさそうに笑った。

「ああ、そうですね。すいません。忘れてました」

麗子はそう言って、バッグの中から『ニキチ』の載った雑誌『文藝空間』を取り出して篠沢の前に置いた。

篠沢は雑誌を手に取ると『ニキチ』をその場で二、三ページ読んで、

「これ、お借りしても？」

と尋ねた。

「よかったら、さしあげます。あなたの作品ですから」

麗子はそう言って微笑んだ。


大舞薫のマスコミ対応専門の代役を務める人間が見つかったと、麗子がメールで知らせてきた。素性は詳しく書いていないが、四十代の男性だそうだ。男性？　そうか大舞薫って男だったんだ。まるで他人事のように素子は思った。不思議な感じがした。

麗子のメールにはその報告のあと、この計画は曲木賞発表までの間ならばいつでも取りやめることができる、と書いてあった。先生のお気持ちが変わることがあればすぐにお知らせください、と。

わたしの気持ちが変わるということは、わたしが表舞台に立つということか。素子はため息をついた。

いや、違う。そもそも曲木賞を受賞すると決まっているわけではないのだ。一大決心をして表舞台に立つ気満々で覚悟を決めて、それで落選ということになったら、お笑いだな。素子はおかしくなってクスリと笑った。ため息をついたり笑ったり、わたしは何をやっているのだろう。

代役を立てるのは正しいことではない。それはわかっている。麗子には、代役を立てるようなことになったらもう大舞薫の名前で小説は書かない、などと威勢のいいことを言ったが、本音を言うと、できればこのまま作家活動を続けていきたいと思っている。いっそ落ちてくれたらいいのに、と思うが、麗子が言うように今回落ちてもこういうことはこれからもあるかもしれない。どちらにしても腹を括らなければならない。曲木賞発表まであと二週間。どう腹を括るか。

素子は目を閉じてしばらく考えていたが、やがて目を開け、もう一度麗子からのメールを読み返した。

メールにはそのほかに、曲木賞を受賞した場合の大舞薫としてのコメントを書いてほしいとあった。その四十代の見知らぬ男が語るという想定のコメントである。今までさまざまな想定でさまざまな人物のセリフを書いてきたが、他人が演じる自分のセリフを書く羽目になるとは思わなかった。

あれこれ考えていても仕方がない。素子はとりあえずそのコメントを書いてみることにした。それから素子はその大舞薫なる男性作家が曲木賞受賞後に語ることを想定したコメントを、素子は三日ほどかけて書き、メールに添付して麗子に送った。

「清川賞とか曲木賞って、受賞すると清川賞作家とか曲木賞作家って呼ばれるがいね。あれ、なんでねんろね。書店大賞とか受賞しても書店大賞作家とは呼ばれんがいね。やっぱ特別なんかな」

サンルームで野村さんがケアワーカーの園田さんにお茶を飲ませてもらいながら言った。相変わらずリクライニング機能のついた電動車椅子に座り、背もたれを倒してくつろいでいる。テレビのワイドショーでは、一週間後に迫った清川賞と曲木賞の発表を前にコメンテーターが予想を立てていた。

いよいよ一週間後か。ストローでお茶を飲みながら素子は思った。あれから一週間。素子はまだ答えを出せていなかった。

「ほうやねえ、なんでやろね。でもそういうのって一生ついて回るもんやろ？　なんかあったらそのたんびに清川賞作家の誰々さんとか曲木賞作家の誰々さんって呼ばれるがいね。それって結構大変やと思うわ」

野村さんの隣で、ケアワーカーの保住さんが言った。保住さんは脳性マヒで手が使えない松本さんにスプーンでゼリーを食べさせていた。

そうか。そういうことになるんや。素子は思った。今まで障害者だと知られることばかり気にしてそういうことは考えもしなかったが、言われてみれば確かにそうだ。曲木賞を受賞するということはそれだけ重いことなのだ。

「ほやなあ、確かに変なことはできんわなあ。あーあ、わし凡人でよかった」

野村さんがとぼけた調子で言うと、笑い声があがった。

「でも、障害者の作家ってそれだけで目立つし、それに清川賞作家や曲木賞作家っていう枕詞が一つ加わったかて、なあん、大したことないわいね。試しに野村さん、頑張って小説書いて清川賞でも曲木賞でも取ってみんか？」

野村さんの横でお茶のコップを持っていたケアワーカーの園田さんが笑いながら言った。

「わし、ほんな小説なんか書けんし。小説って言えば加納さん書いとるんじゃなかったけ？」

野村さんがちょっとむくれて言った。みんなの視線が一瞬、素子のほうに集まる。

「おっ、ほうやねえ、どうや加納さん、試しに？」

園田さんが満面の笑みで素子のほうを見る。素子はきまり悪そうに笑った。


お茶の時間が終わり、部屋に戻ってしばらくすると園田さんが廊下から声を掛けてきた。

「加納さん、お風呂の準備まだやね。今、いい？」

素子は笑ってOKのサインを出した。この施設では週に二回利用者の入浴の日があり、その前日にタオルや着替えをバッグに入れて準備するという習慣があって、明日はちょうどその入浴日だった。園田さんは部屋に入って、普段は開けっ放しの部屋の戸を閉めた。下着などを出すので風呂の準備のときはいつもそうしていた。

「下着とタオルはいつもの通りでいいよね」

と言いながら園田さんは素子のタンスの「下着」と書いてある引き出しを開けて、タンクトップやショーツを適当に選び、ベッドの上に並べた。タオルも同じように「タオル」と書いた引き出しから選んだ。

「服はどれにする？」

園田さんは「上着」の引き出しを開けた。素子はちょっと考えてグレーのボーダーのシャツを選んだ。「ズボン」の引き出しからは黒のデニムを選び、着替えは一通り揃った。

「さっきの話やけど」

素子の指示でタンスから出してベッドの上に並べた着替えとタオルを、テキパキと布バッグに詰めながら園田さんは言った。

「あれ、逆のことも言えるがでない？」

素子は園田さんの顔を見た。どういう意味だろう。

「つまり、清川賞作家、曲木賞作家っていう枕詞に、障害者っていう枕詞が一つ追加されても、大したことないんじゃあないかってこと。ね？　逆もまた真なり、や」

えっ？　素子は呆気にとられ、目を丸くしてますます園田さんの顔に見入った。

「まあ、どっちにしろ大変やろけどね」

驚いている素子をよそに園田さんはいつも通りの笑顔でそう言った。そして着替えを入れて膨らんだ布バッグを、ポン、と軽く叩くと、ここに掛けとくね、と言ってベッドの脇のフックに掛け、じゃあね、と言って部屋を出ていった。

気づかれている？　まさか、ね。一人になって素子は考えた。

園田さんは素子よりいくつか年上のケアワーカー。前述の通り無類の読書家で、素子ともよく読書談義をしていた。素子の小説も読ませてくれと言われたことがあるが、人に読んでもらうほどのものではないと、素子はずっと断り続けていた。執筆しているところも園田さんには見られないように十分気をつけている。そんなはずはない。それにしても。

清川賞作家、曲木賞作家という枕詞に、障害者っていう枕詞が一つ加わっても大したことはない。そうかもしれない。しかし相乗効果となってよけい目立つということもあり得る。やってみなければわからない。相変わらず答えは出ないが、素子の中で気持ちの向く方向がほんの少し変わったような気がした。


曲木賞の発表がいよいよ明日という日の朝、麗子は出社してすぐにパソコンを開いた。新着メールが何件かあり、そのうちの一件は素子からのメールだった。

今頃になって何だろう。麗子は妙な胸騒ぎを覚えた。早速クリックして読んでみるとそれは麗子にではなく、大舞薫の代役として雇われた篠沢茂へのメッセージだった。プリントアウトして渡してほしいと書いてある。メッセージにはある驚くべき依頼が含まれていた。麗子はなんだかはぐらかされたような複雑な気持ちになった。だが、先生のお気持ちが変わることがあればすぐに知らせてほしい、と言ったのは麗子である。何よりも優先しなければならないのは、当たり前のことだが、素子の気持ちだ。素子にすれば、ぎりぎりまでよくよく考えて出した答えなのだろう。それに素子は文字入力に時間がかかる。かなり長文のこのメッセージを素子が書くのには、相当の時間を費やしたに違いない。麗子は改めてメッセージを読み返し、それから黙って素子の指示に従うべく、メールをプリントアウトし、それを持ってホテルで待機している篠沢の元に向かった。

「大舞先生からのメッセージです」

そう言って麗子はA４用紙三枚にも及ぶ素子からのメッセージを篠沢に渡した。篠沢は別段驚いた様子もなく、それを受け取って読み始めた。

素子のメッセージには自らの障害のこと、創作に対する思い、それからこれまで生きてきた中で感じた世間の人の障害者に対する一般的な見方、自分の小説が障害を持った作家の作品というふうに読まれるのはとても不本意だと思っていること、などが綿々と綴られていた。そして最後に、その驚くべき依頼が書かれてあった。

「……代役を立てるという方法で本当にいいのか、自ら表舞台に立つべきなのか、ずいぶん悩みました。正直、今もまだ決められずにいます。そして悩みに悩んだあげく、あることを決めました。この問題を、わたしの代役を務めてくれるという、篠沢さんに託したいと思います。このまま代役を立てて素性を明かさずに作家活動を続けるか、それともすべてを公にしてわたし自身が表舞台に立つか、それをわたしの代わりに篠沢さんに決めていただきたいと思うのです。

　顔も知らない見ず知らずの篠沢さんにこんなことをお願いするのは筋違いもいいところですが、見ず知らずだからこそ何のしがらみもなく妙な思い込みも持たずに真っさらなところで考えていただけるのではないかと思うのです。

　もちろん、篠沢さんが決めたそのことによってどういう結果になっても、篠沢さんが責任を負うことは一切ありません。責任はすべてわたしが持ちます。

　麗子さんからは篠沢さんはとてもユニークな方だと伺っています。詳しく聞いたわけではないが、ユニークな生き方をしてきた方のようだと。そのような方ならば、何事にもとらわれず、ご自身の良識で答えを出してくださるのではないかと、勝手に考えました。もちろんこれはわたしの勝手な思い込みで、篠沢さんが必要以上に重荷に感じるようなことがあると困ってしまうのですが、これも何かの縁と思って考えてみていただけないでしょうか。どうかよろしくお願いいたします」


　篠沢は黙って一通り読むと、しばらく何事か考えていたが、やがて麗子の顔を見て言った。

「田丸さんはどう思いますか？」

　質問の意味がわからず麗子が黙っていると、篠沢は、

「つまり、大舞先生の行く末を左右するような重要なことを、わたしのようなどこの馬の骨とも知れない者が決めることについて、です」

　と言った。

「大舞先生がそれをお望みである以上、そうしていただくことがベストだと思いますが」

　麗子が答えると、篠沢は黙ってもう一度メッセージを読み始めた。

　篠沢がメッセージを読み終えたのを見計らって、麗子が言った。

「大舞先生は、ただ単に考えるのが面倒でそういうことを他人任せにする方ではありません。それはこの何年間か編集者として付き合ってきてはっきり言えることです。きっと考えに考えてこの結論に達したのでしょう。わたしは先生の出されたその結論を尊重したいと思います」

「で、わたしに答えを出せ、と」

　篠沢は再び麗子の目を見て言った。

「もし、負担でなければ」

　麗子は篠沢の視線を受け止めながら、うなずいた。

「負担って、普通に考えれば、相当の負担だと思いますが」

　言いながら、篠沢は苦笑いした。

「ですよね。わたしも無茶苦茶な依頼だと思います」

　麗子も申し訳なさそうに笑った。

篠沢は黙って三たび素子からのメッセージを読み始めた。そして読み終えると言った。

「わかりました。この件はわたしなりに考えてみます」

「そうですか。ありがとうございます」

麗子は少しほっとしたように言った。

「わたしは今夜はこのまま編集部に詰めていますので、何かあったら携帯に連絡してください。入り用なものはすぐ揃えます」

麗子はそう言うと席を立った。そして軽く一礼すると、ホテルの部屋を出ていった。

さて、どうしたものだろう。

一人になって、素子からのメッセージをプリントアウトしたＡ４用紙を眺めながら篠沢は思った。難問だった。才能ある一人の作家の重大問題である。しかも答えを出すタイムリミットは明日の曲木賞発表まで。

この切羽詰まった中で、大舞薫は見も知らぬ他人の篠沢に答えを託すと言う。

ふうん、面白いじゃないか。

ふと、篠沢は思った。

さすが作家だ。お望み通り、見も知らぬ他人の感覚で答えを出そうじゃないの。

篠沢の目が好奇心に光り、口元には笑みが浮かんだ。

篠沢はナイトテーブルを引き寄せ、読みかけの『文藝空間』を手に取り、大舞薫の曲木賞候補作『ニキチ』をもう一度初めから読み始めた。

「曲木賞『ニキチ』大舞薫」と印字された紙を貼り出したホワイトボードの前に篠沢が立つと、会場にどよめきが起こった。手には受賞作品『ニキチ』が掲載された雑誌『文豪空間』を携えている。プロデビューから五年、マスコミに一切露出せず、素性を明かさなかった謎の作家大舞薫が、初めてカメラの前に姿を現したのだから、当然と言えば当然である。

黒のタートルニットの上にグレーのジャケットをさりげなく羽織り、少し白髪の混じった髪を整髪料で整えたその姿はどこか洗練されていて、この間まで公園で野宿していたホームレスだとは誰が想像するだろう。

いずれにしても曲木賞が『ニキチ』に決定したそのこと自体よりも、大舞薫がどういう人物かということにマスコミの、ひいては世間の関心が集中しているのは確かだった。

「男?」

「おい、大舞薫って、男だったのか?」

「てっきり女だと思っていた」

「オレも」

小声で囁く声があちらこちらから聞こえた。

ざわざわと記者たちの注目が篠沢のほうに集まる中、まず二人の清川賞受賞者の記者会見が始まった。会見は例年通りつつがなく、受賞決定を受けての今の気持ちや受賞作品を書いたきっかけなどについての質疑応答が静かになされていった。新進気鋭の作家を対象とした清川賞のイメージにはそぐわず、二人の受賞者はともに五十を過ぎた女性作家で、落ち着いた和やかな雰囲気のうちに会見は進んだ。

二人目の清川賞受賞者の会見が終わり、いよいよ大舞薫への質疑応答が始まった。

黒い上着を着た小太りの、頭頂部の髪がやや薄くなりかけたベテランらしい男性記者が手を挙げて、まわってきたマイクを手に質問した。

「大舞さん、こんにちは。毎朝新聞の小杉と申します。このたびはおめでとうございます。曲木賞を受賞した今のお気持ちをお聞かせください」

「ありがとうございます。ありきたりですが、とてもうれしいです。『ニキチ』は書いていてとても楽しい小説でした。その上、このような賞までいただけて、大変光栄に思います」

篠沢は笑顔で答えた。素子が先に書いたメッセージ通りの答えである。記者は、どうも、と言うようにうなずいた。

「よろしいですか。はい。ほかに質問のある方?」

司会者は場内を見回し、次の質問者を指名した。

長髪の若い編集者らしき男がマイクを受け取り、質問した。

「どうもおめでとうございます。ブックサーフィンの川口と申します。『ニキチ』読ませていただきました。大変意外な展開にびっくりしたのですが、この構想はどこから生まれたのでしょうか」

「ありがとうございます。この構想は歴史書を読んでいるときに思いついたものです。その歴史書によると、江戸時代の初期のまだ鎖国が始まっていない頃に日本からヨーロッパに渡った遣欧使節団の船があったそうで、ふと年表を見ると、同じ時期ではないが、わりと近い頃にストラディバリウスが出てくる。その二つをつなげたら何か面白い話が出来るのではないかと思って書いてみた。とまあ、簡単に言うとそういうことです」

篠沢は答えた。もちろんこれもまた素子のメッセージの通りだった。

それから作品についての質問が二つ三つあり、その都度篠沢はそつなく淡々と、素子の書いたメッセージをアレンジしながら答えていった。

「では、これが最後になります。質問のある方、どうぞ」

時計を気にしながら、司会者が言った。

「あの、はい」

ショートカットの若い女性記者がおずおずと手を挙げた。司会者は、はい、というふうにその女性記者を手で示した。

「ええっと、この度は曲木賞受賞おめでとうございます。週刊エールの清水と申します。あの、大舞さんは今までマスコミにも顔を出さず素性も明かしませんでした。それはなぜですか?」

マイクを受け取ると女性記者はメモを見ながらたどたどしく質問した。場内は一瞬凍りついたようにしんと静まり返り、次の瞬間騒然となった。パンドラの箱が開いたようだ。

「ありがとうございます。ええ、その質問にお答えする前に、皆さんに伺いたいことがあります」

記者たちがざわめく中、声のトーンを少し上げて篠沢は言った。記者たちの注目が一斉に篠沢に集まり、会場は再び静かになった。

「皆さんは、佐村小路豊(さむらこうじゆたか)という男を覚えておられるでしょうか。耳が聞こえないと偽り、他人に曲を書かせて自分の作品として発表し、世間を欺いたペテン師です。耳が聞こえない人間が音楽を作曲した。それはあまりにセンセーショナルな告白でした。冷静に考えれば非常にお粗末な筋書きでしたが、我々はまんまと奴の術中に嵌まり、見事に踊らされて、しまいには現代のベートーベンと賞賛する有識者まで出てくる始末でした。ところが、ゴーストライターの告発によって嘘がばれると、手のひらを返したようにCDは発売停止になり、コンサートは中止になり、彼が作ったという音楽を涙を流しながら聴いていた聴衆はどこへともなく消え失せた。流した涙を返してくれと言う者さえいた。しかし考えてみると、嘘がばれる前と後では音楽は何も変わらない。その人が涙を流したのは音楽を聴いて感動したからで、作曲者の耳が聞こえないからではないはずです。もし耳が聞こえない人が作曲したからそれで感動したというのなら、それは聞こえる者の驕(おご)りのような気がします。耳が聞こえようが聞こえまいがベートーベンはベートーベンです。もちろん他人に曲を書かせて自分の作品として発表するのは言語道断ですし、佐村小路の弁護をする気はさらさらありませんが、それに乗せられた我々にもそういう驕りがなかったか、考える必要があると思います」

篠沢はそこで息をつき、司会者のほうを見た。

「時間、大丈夫ですか？」

「ええ、まあ、あと五分ぐらいなら」

時計を確認しながら、司会者は言った。

「充分です」

篠沢はそっと微笑んだ。そして記者たちのほうに向き直り、続けた。

「前置きが長くなりました。本題に入ります。わたしはご覧の通り普通に手足が動くし、普通に話をすることができます。当たり前のことです。大舞薫の場合、マスコミに一切出ないという特殊性があって、皆さんもわたしのことが気になるようですが、それ以外は普通に接してくださっていますね。記者会見でもちゃんと作品について質問してくださっていましたし。ですが、もし仮にわたしが重い障害を持っていて手足がうまく動かせず、しゃべることもままならない状態の人間だったら、果たして同じように接していただけるでしょうか？」

篠沢はそこで言葉を切り、静まり返った会場を見回した。やがて後ろのほうで手が挙がった。

「ご質問の意味がよくわからないのですが、それはあなたが大舞薫ではないということでしょうか？」

ようやくマイクを渡された、緑色のウインドブレーカーの男が尋ねた。会見では発言するときには必ず所属するメディア名と自分の名前を名乗ることになっていたのだが、男がメディア名も名前も名乗らなかったのは、篠沢のあまりの唐突な発言に驚き、それに気をとられて忘れてしまったということらしい。

「もし仮にそうだったら、という話です」

篠沢がそう言うと、会場は再びどよめいた。

一番前に座っていた、頭の禿げあがった恰幅のいい男がマイクも持たずに言った。

「仮定の話ですか。なんだか知らんが、我々は仕事で来ているんだ。悪いが、そんな訳のわからん仮定の話に付き合っている暇はありません。さあ、帰ろう、帰ろう」

どうやらマスコミ関係の連中を牛耳っている人物のようで、男が帰り支度を始めると、それに追従するようにほかの記者たちもせかせかと身支度を始めた。

そのとき、会場に篠沢の声が響いた。

「大舞薫という才能ある作家の作家生命がかかっているんです」

会場の空気を震わせる篠沢の厳しい声に、記者たちの荷物をまとめる手が止まり、弾かれたように篠沢のほうを振り向いた。

篠沢はインターネットテレビの生中継のカメラを止めるように言い、静かに素子のことを話し始めた。

素子の障害のこと、小説に対する思い、表舞台に立つことへの素子の不安、それからこれまでのいきさつについて、篠沢は淡々と説明した。記者たちはあ然としながらも静かにそれに耳を傾けた。頭が禿げあがったドンもまた苦虫を噛み潰した顔で座り直し腕組みをして黙って聞いていた。

「なるほど。佐村小路豊とまるっきり逆のパターンか」

篠沢が語り終わると、記者の中にそうつぶやく者がいた。

「でも大舞薫はもう立派なプロの作家よ。それも曲木賞を受賞するくらいのレベルの。熱心なファンも結構いる。今さら障害があろうがなかろうが、大した影響はないと思うけど」

今度は女の声がした。

「いやいや、その素子さんがどんな状態なのかはわからないけど、脳性マヒという障害はだいたいがビジュアル的に独特で、障害のことを知らない一般の人が見るとかなり驚くし、作品よりも作者の身の上のほうに世間の関心が向くのではないかという素子さんの懸念は必ずしも杞憂ではないと思う」

また違う声がした。

「マスコミの恰好の餌食だな」

「障害を乗り越えて曲木賞を受賞、涙なくしては語れない激動の半生、か」

「ところでさ、そのマスコミってひょっとして我々のことじゃないの？」

ふと笑い声が起こった。

「ビジュアルを見せないというのはどうかしら。障害があるということだけ公表して」

女の声がした。先ほどの女かもしれない。

「いや、それだったら、障害は隠すべきものということになってしまう。それは素子さん本人にはもちろんほかの障害者にも失礼だよ」

反論の声が上がり、それきり会場は静かになった。記者たちは考え込んでいるようだった。

「……あのう、差し出がましいようですが、大舞薫さんはこれまで通り謎の作家のままでよろしいんじゃないでしょうか？」

沈黙を破ったのは意外にも同席していた清川賞受賞者の一人だった。

「篠沢さんとおっしゃいましたっけ？　先ほどの会見での受け答え、それから今の説明、聞かせていただきましたが、大変わかりやすく、説得力がありました。作品の捉え方も作者により近いものだと思いますし、素子さんが書いたメッセージという台本があるにしても、誰にでもできることではありません。これは篠沢さんにしかできないことだとわたしは思うのです。そこで提案なんですが、大舞薫は今まで通り謎の作家で、篠沢さんはなんというか、スポークスマンとして表舞台に立つという、そういう作家として活動なさったらどうかと思うのです。最近はお二人で一人の作家として活動されている方もいらっしゃいますし、そういうスタイルの作家さんがいてもいいのではないでしょうか」

　五十年配の女性作家はそう言って微笑んだ。

「そうですね。わたしもそれがいいと思います。でも本当は素子さんが何の懸念もなく堂々と表舞台に立てるような世の中になればそれが一番いいんですけどね」

　横にいたもう一人の清川賞受賞者がうなずきながら言った。

「本当に」

　隣で先ほど発言した女性作家もうなずいた。

「スポークスマン……アバター……。さしずめ、リアル・アバターってところか」

　記者たちの中でそういうつぶやきが聞こえた。

「篠沢さん、いかがですか？」

　記者の一人が、黙っている篠沢に問い掛けた。

「ありがとうございます。素晴らしいご提案だと思います。ですが、わたしは先ほど皆さんにすべてをお話ししてしまいました。マスコミの方々に知られてしまった今、それを実行することは果たして可能でしょうか？」

　篠沢は言った。再び沈黙が流れた。

「報道協定を結ぼうじゃないか」

　腕組みをして渋い顔で考え込んでいた例のドンが、突然言った。記者たちの目が一斉にドンに向けられた。

「報道協定というのは本来、人命に関わること、人権侵害の恐れがあること、社会に悪影響を及ぼす恐れがあることについて締結されるもので、今回の件がそれに当てはまるかどうかはわからんが、このことを知っているのはここにいる者だけだ。ここにいる者に異論がなければ、今ここで報道協定を締結する。報道というのは事実を伝えることだが、このことを報道しないからと言ってわしは報道人として何ら恥じることはない。どうだ、異論のある者はいるか？」

ドンは会場を見回した。手を挙げる者も発言する者もいなかった。

「誰も異論はないようだな。では、協定締結だ。森先生や坂井先生は報道人ではないが、よろしいですかね？」

そう言ってドンは女性作家たちに問い掛けた。

「はい」

「もちろん」

二人の清川賞作家は微笑んでうなずいた。

「では篠沢さん、そういうことで。素子さん、いや大舞先生によろしく」

ドンは篠沢に向かって言った。

「ありがとうございます。ですが、わたし実は大舞先生にお会いしたことがないんです」

篠沢は照れたように言った。

「ほう。しかし、例の提案を実行するにはそれはかえって好都合かもしれませんね」

ドンは腕組みをしながらうなずいた。

「えー、皆さん。よろしければこれで記者会見を終わりたいと思います」

マイクを通して司会者の声が聞こえた。


「すいません。五分じゃ終わりませんでしたね」

がやがやと記者たちが帰り支度をしている中、会場の後片付けをしている司会者に近づき、
篠沢は頭を下げた。

「いえ。一人の才能のある作家の作家生命が懸かっていましたから」

司会者はそう言って笑い、作業を続けた。


「インターネットの生中継が突然打ち切られて、何があったのかと、本当に心配しましたよ」

記者会見の一部始終を篠沢が話すと、電話の向こうで麗子がほっとしたような声で言った。

「それにしても、マスコミにぶっちゃけるなんて、思い切った選択をしましたね」

「いや、実はあれはわたしの選択じゃなくて、成り行きであういうことになったんです」

篠沢は照れたように言った。

「え？　そうなんですか？」

「ええ。わたしが気をつけていたのは、嘘をつかないこと。ただそれだけです。不要な嘘は禍の元ですからね。実際、大舞薫としてあそこに立ったこと以外は嘘は一切ついていません。しかし話があんなふうに展開するとは、わたしも意外でした。マスコミの連中というのも一人一人は案外話のわかる人間なんだなあと思いました」

「ほんとに。でも、正直ほっとしました。大舞薫のためにも、今はとりあえずそうしたほうがいいかもしれませんね」

「ええ。これからどういうことになるにしても、ね」

「そうですね。例の報道協定にしても、いつまで守られるかわかりませんものね」

「ええ。でもまあ、とりあえずそういうことで、大舞先生にご報告をよろしくお願いします」

「わかりました。お疲れさまでした」

麗子はそう言って電話を切った。


二人の思惑に反して、報道協定はあっけなく早々に破られた。

週刊『エール』にそのスクープ記事が載ったのはそれから一週間後のことだった。曲木賞作家大舞薫は重度の脳性マヒ、という見出しで、見開きに大きく掲載された篠沢の写真には、記者会見に出席する代役の男性、という注釈がついていた。

記事の内容は、脳性マヒの代表的な症状を挙げて大舞薫の状態を予想し、障害を持った身体を人目にさらしたくないから素性を隠していたのだろうと結論づけた、先入観と偏見に満ちたものだった。記者会見で篠沢が話したことで記事に反映されていたのは、大舞薫が脳性マヒだという事実だけだった。

たぶん先日の記者会見に来ていない編集者か誰かが、新人記者の書いた取材メモだけを見て記事を捏造したか、あるいは記者が書いた記事を読者の気を惹くセンセーショナルなものに書き換えたか、おそらくそんなところだろう。麗子から渡された週刊誌を見て篠沢は思った。

麗子が所属する『文藝空間』の編集部には大舞薫のファンや読者などからの問い合わせの電話やメールが殺到しているという。問い合わせや抗議の内容はさまざまだったが、「障害を隠すとは何事だ」という障害者団体からの抗議のメールも多く寄せられているらしい。

「どうしたものでしょうね」

篠沢が泊まっているホテルの部屋のソファーに座り、麗子はため息をついた。

曲木賞発表の記者会見のあと、さまざまなメディアからの個別の取材があり、それがようやく一段落して、これからしばらくは大舞薫は今まで通り謎の作家のまま通せると思っていた矢先の、この騒動だった。

「大舞先生はなんと？」

篠沢は尋ねた。

「今朝ほどメールをしたのですが、まだ返信がありません」

麗子はスマホの画面を確認しながら言った。

「急展開ですからね」

篠沢はうなずいた。

「あ、そうそう、創栄社の松村さんからお電話がありました」

思い出したように麗子が言った。創栄社の松村？　聞き覚えのない名前に篠沢は一瞬戸惑った。

「例のマスコミのドンですよ」

麗子は微笑んだ。

「ああ」

篠沢は、記者会見で報道協定を提案してくれたドンのいかつい顔を思い出した。

「松村さん、俺の力不足だって謝っていました。新参の出版社にまで手が回らなかったって。大舞先生にも篠沢さんにも悪いことをした、俺にできることがあれば何でも言ってほしい、ともおっしゃっていました」

麗子はドンからの伝言を伝えた。

「マスコミにも話のわかる人がいるということがわかっただけでもありがたかったですよ。それにしても責任感の強い人ですね。あのまま知らん顔していても済む話なのに」

篠沢は松村という人物の誠実さに、マスコミのドンたる所以を感じた。

「ほんとに」

麗子がそう言い、二人の間にしばし沈黙が流れた。

「……記者会見、しませんか」

じっと考え込んでいた篠沢がふと顔を上げ、麗子のほうを見て言った。

「記者会見、ですか？」

「ええ、大舞先生がどうお考えかはわかりませんが、これだけの騒ぎになった以上、何らかの手は打つべきでしょう。やるとなったら早いほうがいい。もしわたしに任せてもらえるのなら、先生の了解を取って記者会見をセッティングしてください」

篠沢は言った。

「何か考えがおありなんですね」

麗子が尋ねた。

「考えというほどの考えはないのですが、火消しぐらいにはなると思います。それに」

篠沢はそこまで言うと思わせぶりに微笑んだ。麗子は首を傾げて篠沢を見た。

「それに大変僭越ながら、大舞先生に宿題を出そうと思うんです」

篠沢はそう言って、また口角を上げた。

「宿題？」

麗子は目を丸くした。

「ええ、この間先生がわたしに出されたあの超難問のお返しですよ」

篠沢はいたずらっぽく笑った。


「ねえ、大舞薫ってさあ、ちょっとかっこいいと思わん？」

「えー？　あの人、大舞薫でないがでないが？」

「ほうなん？　じゃあ、あの人いったい何なん？」

「何やろ？　マネージャー？　ようわからんけど、大舞薫の代わりに何でもしゃべる人なんやて」

「へえ。ほやけどあの人、ちょっと福山雅治に似とらんけ？」

「あーあ、まった始まった。ミキちゃんいうたら、イケメン見ると何でも福山に見えるんやさかい」

昼下がりのサンルーム。女子たちのおしゃべりは入所者スタッフ入り交じって賑やかだ。大舞薫の代役の話題が、素子の思わぬ方向に進んでいる。

福山雅治か。そういえば似ていないこともない。いわゆるイケメンの部類には入るだろう。などと考えて、我ながら呑気だなあと素子は思った。

曲木賞の発表会見では篠沢の思慮深い発言と居合わせた報道陣の好意によって、今まで通り素性を明かさないまま嘘もつかずに作家活動を続けられるような状況になってほっとしたのだが、その矢先、ある週刊誌に素子の障害のことを暴露する記事が載って、麗子のいる編集部は大変なことになっているそうだ。素子は麗子からのメールでそのことを知ったが、すぐには返事のしようがなく、考えあぐねているところへ再び麗子からのメールが来て、篠沢が、もしわたしに任せてもらえるのなら記者会見を開く、と言っている、了解してくれるか、と言う。素子は一も二もなく篠沢に任せることにした。

麗子からは折り返し記者会見の日時を知らせるメールがあり、たぶんワイドショーで生中継されると思うので見ていてほしいと書き添えてあった。

「そういえば大舞薫って障害者ねんてね」

おしゃべりの輪の中からそんな声が聞こえて、素子はどきりとした。

「ああ、朝のテレビで言うとったね。脳性マヒやって」

「でもあれ週刊誌が言うとるだけで本当のことかどうかわからんげんろ？」

「なんか今日の昼から大舞薫側の記者会見あるんやて」

「昼からって何時頃や？」

「さあ。三時頃やないか？　ほら、ワイドショーに合わせて」

「あの人も出るかなあ」

「ミキちゃん、目がハートやよー」

ひとしきり、笑いが起こる。

「脳性マヒの曲木賞作家、か。本当やったらすごいよねえ」

「そういえば脳性マヒの小説家ってあんまり聞かんね」

「詩とか俳句とか、自叙伝ならよう聞くけどね」

「小説っていえば、加納さんも小説書いとるがじゃなかったけ？」

おしゃべりグループの女子たちの視線が一斉に素子のほうに向けられる。やっぱりきたか、と素子は思った。

「ほやほや、ほれもちょうど同じ脳性マヒやがいね」

「小説書くって、わたしら想像もできんけど、入力するだけでも大変やろ？」

いやいや、入力するまでの過程のほうがその何十倍も大変なんであって、それに比べたら入力する大変さなんて屁のカッパやわ、と素子は思ったが、もちろん何も言わなかった。こういうとき言語障害というのは便利な隠れ蓑である。黙って苦笑いする素子に、加納さんも頑張らないかんねえ、ほうやねえ、などと口々に言い、女子たちはまたおしゃべりに戻っていった。

記者会見まであと一時間。篠沢は今度は何を話すのだろう。

素子はなんだかわくわくしている自分に驚いていた。


記者会見の会場にあてられたホテルの会議室には、多くの報道陣が詰めかけていた。人数としては先日の受賞会見と同じくらいだが、今回は大きなテレビカメラが何台も入り、まるで芸能人の不祥事の謝罪会見並みの物々しさである。

　正面には会議用の折りたたみテーブルとパイプ椅子が三脚。テーブルの上には大小のマイクロホンが十数本並んでいる。三脚並んだうちの中央の席の前には、曲木賞作家大舞薫代理人、と貼り紙がしてあった。

　各テレビ局のレポーターたちはお互いに少し離れたところで他局の放送の邪魔にならないように小声でひそひそとレポートを始めた。

　やがて、場内がざわつき、正面横のドアが開いて、麗子と篠沢、それに麗子の上司の青柳が姿を現した。三人は静かに席についた。


「……、あ、いよいよ会見が始まるようです」

　作家大舞薫の大まかな紹介や会見に至る経緯をぼそぼそと説明していた女性レポーターが、正面のほうを振り向きながら言った。

　女性レポーターを映していたカメラはアングルを変え、正面のテーブルの中央の席に座る篠沢の顔をアップで捉えた。テレビ画面に映った篠沢は相変わらず落ち着いた面持ちで、真っすぐ報道陣のほうを見ている。

「ああ、やっぱかっこいいなあ」

　サンルームでテレビの真ん前に陣取ったミキちゃんが、うっとりして言う。

「ミキちゃん、騒いだら聞こえんがいね」

野村さんにたしなめられて一瞬しゅんとしたミキちゃんは、それでもすぐに気を取り直して再びテレビ画面に熱い眼差しを注いだ。

そんなやり取りにはかまわず、素子はテレビから離れた後ろのほうで呑気にお茶を飲むふりをしながら、篠沢の言葉を聞き逃すまいと耳をそばだてていた。

「えー、この、問題と申しますか、何と申しますか、この件のここまでの経緯について簡単にお話ししますと、」

テレビ画面に映る生中継の映像の中で、進行役の男が経緯について説明を始めた。

「事の発端は昨日発売の週刊エールの記事で、それによれば先日曲木賞を受賞した作家大舞薫氏が、実は脳性マヒという障害を持っていて、そのことを伏せて作家活動をしていたということです。その理由が何なのかということについてさまざまな憶測が飛び交い、各方面に波紋が広がっている模様です。そこで、大舞氏側からの提案でその理由を明らかにしようとこのような場を設けさせていただきました。最初に大舞薫氏の代理人、篠沢より一言述べさせていただきます。ご質問等はそのあとでお願いいたします」

ゴトゴトとマイクを置く音がして、それから篠沢の声が凛と響いた。

「本日はお集まりいただき、ありがとうございます。大舞薫の代理人、篠沢と申します。最初にお断りしておきますが、わたしは実は大舞本人には会ったことがありません。こちらにいる編集者の田丸さんを通じてコンタクトを取っているのですが、この田丸さんも大舞とはメールのやり取りだけで、直接会ったことはないんです。ですよね？」

篠沢は確認するように麗子に問い掛け、麗子はうなずいた。

「ですので、大舞の障害についてどういう状態なのかは正直なところ何もわかりません。わたしがここでお話しできることは、今現在この時点で確認できる事実だけです。そのことをご理解いただいた上でご質問をお願いいたします」

篠沢は座ったまま軽く頭を下げた。

報道陣の中からぱらぱらと手が挙がり、進行役がその中の一人を指名した。

「ＷＳＥテレビの中西と申します。先ほど篠沢さんは『大舞の障害』とおっしゃいましたが、大舞薫氏が障害を持っているということはお認めになるんですね？」

指名されたテレビ局のレポーターらしき男が質問した。

「ええ、大舞には脳性マヒという障害があり、それを伏せて作家活動をしていました。それは事実です。ですが、週刊エールに書かれているように、その理由が障害を持っていることが恥ずかしいからであろうと決めつけるのは、あまりにも安直に過ぎるのではないでしょうか」

篠沢はそこで一旦言葉を切った。そしてテーブルの上で両手の指を組み、ゆっくりと続けた。

「大舞薫の小説をお読みになったことがありますか？　あれだけの小説を書く人間がそのような安直な考え方をするでしょうか。大舞が何故障害を持っていることを伏せていたのか、伏せなければならなかったのか。そこにはそれ相応の理由があるのです。しかし、その理由を今ここでお話しすることはやめておこうと思います。それは、わたしの口から言うべきことではないと思うのです」

報道陣からざわざわとざわめきが起こった。

「あのう」

おずおずと手が挙がり、髪の長い女性記者が質問した。

「これはその理由を明らかにするための記者会見ではないんですか？」

そうそう、というふうに報道陣は一様にうなずいた。

「そうですね。ですが、考えてみてください。大舞薫は小説家であり、言葉のプロです。わたしごときが拙い言葉でお話しするよりも、大舞本人が自分の言葉で語り、自分の作品で表現するのが道というものでしょう。しかし、いかんせん、問題は大舞が障害のため健常の作家よりも大幅に執筆に時間がかかるということです。もとよりこれはあくまで物理的な問題であり、言うまでもないことですが、大舞の作家としての資質には一切関係がありません。記者会見を開いたのは、大舞薫が次の作品で自身の心の内を存分に表現する、その時間を、同情とかそういうことではなくあくまで物理的な『時間』というものをいただくため、そのことを皆さんに理解していただくためです」

会見場はしーんと静まり返った。篠沢は続けた。

「大舞薫の次の作品がどんな形になるのか、何年先の発表になるのか、それはわかりませんが、きっとそこに何らかの答えがあると思います。それまで少し時間をいただきたいのです。どうかよろしくお願いいたします」

篠沢は立ち上がって頭を下げ、麗子も青柳もそれにならった。

数秒経ち、三人が顔を上げても、誰も何も言わない。会見場は沈黙に包まれたまま、時間だけが過ぎていった。

「えー、何かご質問はございますか？」

たまりかねて進行役の男が言った。

「何もご質問がなければ、これで記者会見を終わりたいと思いますが」

進行役の男はそう言って報道陣を見回したが、手を上げる者はおらず、沈黙が続いた。

「はい、ではこれで記者会見を終わります。ありがとうございました」

やがて進行役の男は諦めたようにそう宣言し、記者会見は終わった。


「えー、ということで、今、大舞薫氏側の記者会見が終わりました。内容を整理しますと、大舞薫氏が脳性マヒという障害を持っていること、それを伏せて作家活動をしていたことは週刊エールが報じた通り事実ですが、その理由については大舞薫氏が次回作の中で明らかにするということでした。ただ障害のため執筆に時間がかかり、そのことの理解を得るための記者会見だったようです。大変真摯な会見という印象で、わたくしたち報道陣も途中思わず無言になってしまうような一幕もありました。個人的な意見ですが、わたくしは大舞薫氏の次回作を静かに待ちたいと思います。以上、中継でした。スタジオにお返しします」

女性レポーターは心なしか顔を紅潮させ、カメラに向かって会釈した。映像が会見場からスタジオへと切り替わった。ワイドショーのスタジオでは、司会者に問われたコメンテーターが記者会見についての感想を述べ始めた。

「あーあ、終わってしもた」

テレビを見ていたミキちゃんは残念そうにそう言って特等席から離れた。素子も続いてサンルームを出た。

大舞薫の次回作。

居室への長い廊下を電動車椅子で走りながら、素子は、篠沢から出されたその大きな宿題について思いを巡らした。

篠沢から出されたその大きな宿題について、素子はずっと考えていた。考えていたというよりも何かを待っていたというほうが当たっているかもしれない。小説を書く前にはそういうことがしばしばある。待つ。いったい何を待つのだろう。それは素子にもわからなかった。

素子がその何かわからないものを待っている間も、通常通り麗子からは何の催促もなかった。

マスコミも例の記者会見のあとしばらくは大舞薫が障害を隠していた理由を探ろうと独自の推論を立てたり、脳性マヒという障害についての特集番組が組まれたり、果ては取材の矛先が代理人である篠沢に向けられ、大舞薫は本当は篠沢ではないかという説まで飛び出し、それなりに盛り上がっていたが、半月もするとネタが尽き、やがてスポーツ界のパワハラ事件や政治家の問題発言など次々に起こる世間の新しい関心事にのみ込まれ、大舞薫の名前はワイドショーからいつの間にか跡形もなく消えていた。

世の中はとても忙しい。憂うでもなく安堵するでもなく、素子はただそう思った。そしてひたすら何かを待つことに徹した。

その間『ニキチ』は単行本として刊行され、帯にはもちろん「曲木賞受賞作」という文字が大きく躍っていたが、素子の意向でそれ以外の情報は一切書かれていなかった。

単行本『ニキチ』の売れ行きは好調だった。麗子からは編集部に寄せられた読者からの感想がメールで送られてきたが、素子はそれをうれしく思いながらも、どこか他人事のように感じていた。それは前の二冊の刊行のときと何も変わらなかった。

そうしているうちにいつの間にか桜が散り、勤め人ではない素子にはまったく関係のないゴールデンウィークが過ぎて、やがて夏を思わせるような暑い日も多くなった頃、長らく待っていたそれはやってきた。例の記者会見からおよそ三カ月が過ぎていた。

やってきたそれは種のようなもので、体の奥深くに棘のように刺さっていた。頭の中や心の中といった抽象的なものではなく、肉体の中に、それは、なんというか、手を伸ばして握り締めれば掴めそうな、ごくフィジカルな物体として、実にありありと存在していた。痛みというほどではないが、それに似た確かな異物感をともなってそれはそこにあった。三カ月待ってようやくやってきたそれを、さらに時間をかけてゆっくり体の外に出していく。それが書くということだった。これからその作業が始まるのである。

それから素子はゆっくりと言葉を吐いていった。まるで蚕が吐く生糸のように、言葉はゆっくりと、だが、滞ることなく素子の体から、体の奥に刺さった種から、体の外へと出ていった。そうしてパソコンに向かってゆっくり言葉を吐いていると、本当に言葉を吐く虫になったような気がした。パソコンを打つ速度は相変わらず遅かったが、その速度が体の中から出てくる言葉の速度と妙にぴったりと合っていた。わたしはこの原稿を書くために脳性マヒという障害を持っているのではないだろうか。素子はふとそんな不思議な感覚を覚えた。そうして素子は一日に原稿用紙一枚というペースで粛々とその原稿を書いていった。

言葉を吐く虫になってから約一年、ようやく三〇〇枚超えの原稿が書きあがった。果たしてそれが出された宿題の答えになっているかどうか、それは素子にもわからなかった。ただ、それはその篠沢が出した宿題を起因とした紛れもない結果であり、そこから生まれたものだった。素子はそれを早速メールに添付して麗子に送った。

麗子からは数日後いつものように手直しを指示するメールが届いた。麗子とは執筆中も何度かメールのやり取りをしていて、原稿の進み具合などを報告していた。

メールには麗子の率直な感想も添えられており、例の宿題の出題者である篠沢にも読んでもらったところ、「面白いじゃないですか」と笑っていたという。「でも採点するのはわたしじゃない」とも言っているらしい。採点し判断を下すのは世間一般の読者ということか。

麗子のメールによると篠沢は大舞薫の代理人として得た収入を元手にさらに資金を集め、以前経営していた会社の再建を考えているらしい。会社の再建、か。やはりただ者ではなかったのだなと素子は思った。

「どうやら大舞薫の代理人はお払い箱になりそうなのでね」

そう言ってニヒルに笑う篠沢の顔が浮かぶ。

篠沢はもう大舞薫の代理人ではなくなる。そう思うと素子は少し寂しい気がした。だが、篠沢には篠沢の人生がある。気を取り直して、素子はパソコンに向かい原稿の手直しに取りかかった。

手直しは第二稿から第三稿、そして最終稿に進んだ。

その間にも時間はゆっくり着実に流れ、振り返ればあの篠沢の記者会見からもう二年以上経っていた。

麗子は相変わらず厳しい読み込みで的確なサポートをしてくれている。思えば『ニキチ』の曲木賞ノミネートを発端に次々と起こった一連の問題についても、麗子は何よりも素子の考えを尊重し、そのつど心を砕いて対処してくれた。麗子がいなければ作家・大舞薫は存在しなかったかもしれない。いや、おそらく存在し得なかっただろう。素子は今更ながら麗子の存在の大きさに思い至り、心の中であらためて感謝した。

最終稿を送付して間もなく麗子から決定稿が送られてきた。素子が確認し了承すると、さらに麗子が形だけの編集会議で上層部の了承を得て、素子の原稿は無事印刷に回った。

そして。

いよいよ明日、大舞薫の約三年ぶりの新刊が書店に並ぶ。

曲木賞受賞後初めての書き下ろしということもあり、また過去に世間を騒がせ、記者会見まで開いた作家の作品でもあり、ワイドショーが取り上げないわけがなく、三年前のあの篠沢の会見のVTRも何度となく繰り返し流れた。コメンテーターも様々な意見を述べていたが、発売日までは本をどこにも流さないように麗子に頼んでおいたので、先走って感想を言うものはいなかった。

明日になればまた騒がしくなるだろうか。大舞薫の最新刊を世間はどう評価するだろうか。素子は考えた。けれど、そんなことはどうでもいいという気がした。とにかく宿題はやったのだ。

素子は部屋の入り口の戸を閉め、麗子が一冊だけ送ってくれた自身の新刊を手に取った。麗子が気を使ってタイトルや著者名が見えないように包装紙でブックカバーをつけてくれている。

そっとその包装紙を外すと、カバーの赤い色が目に飛び込んできた。緑のラインが横にすっと入り、その上にタイトル『リアル・アバター』、ラインの下に『大舞薫』と横書きの黒い文字が並ぶ。イラストも何もない、シンプルなデザインだった。帯には『曲木賞作家・大舞薫の受賞後第一作』とあったが、それ以外の情報はやはり書かれていない。

素子はそのシンプルなカバーデザインをしばらく眺めていたが、やがて元通り包装紙のブックカバーをかけ、本箱の奥にしまった。

さて、今日は天気がいいから久しぶりに散歩でもするか。

素子は車椅子の上でぐっと伸びをした。

季節は春。冬が長いこの北陸も日に日に暖かくなって、施設内にある、植えられて五、六年の貧弱な桜もちらりほらりと花が開き始めた頃だ。

素子は部屋の戸を開け、電動車椅子で玄関に向かった。

受付では事務の小林さんが少し眠たそうに、気ぃつけてねえ、と声を掛けてくれる。自動ドアが開き、流れ込んだ外気が素子の頬をさっと撫でる。まだ冷たくはあるが、ほんのり春の匂いのする風だ。

玄関ポーチを出たところでふと車椅子を止め、素子は空を見上げた。薄くベールがかかったような、淡い水色の空だった。

その少し靄(もや)った春の空に向かって、素子は電動車椅子のコントロールレバーをそっと倒した。小柄な素子の小さな赤い電動車椅子は、やわらかな日差しの中をゆっくりと前進した。

チェリー・ブラッサム

ホテルの薄暗い部屋で私は尚之の背中を見ていた。尚之は床に座り、ベッドにもたれてテレビを見ている。テレビの画面が逆光になって、彼の肩や頭の輪郭を黒く映し出す。

私はベッドから手を伸ばし、彼の首に腕を絡ませる。彼はテレビを消し、私を抱きながらベッドに戻る。そうして今夜何度目かの甘い陶酔に落ちてゆく。

「あなたが男に引き受けてもらうんじゃないのよ。あなたがこの男を引き受けるのよ。わかる？どうする？　この男、引き受ける？」

ゆうべ彼女は私にそう言った。彼女の顔の美しい陰影、華奢な肩にかかる長い髪。まるで映画のような場面、と少し酔いのまわった頭で私はぼんやり思った。

彼女は尚之を愛していた。たぶん今の私より少しだけ強く。

そんなこと、あなたの知ったことじゃないじゃない。そう言いたかった。彼女と張り合いたかった。そうしないと崩れていきそうに彼女はあやうげだった。女は時にはこんなにも心をさらして生きるということに男は気づかない。私は裏切られたことよりも、彼女をこんなにさせた尚之を憎んだ。彼女には夫と、二人の子供がいた。

あなたが男に引き受けてもらうんじゃないのよ、か。私は障害者。尚之は健常者。二人が結婚すれば、誰がみても尚之が私の人生を引き受けるという図が出来上がる。私が彼を引き受けるなんて考えつく人間は少ないと思う。尚之を支えてあげたいと思いながら、頭のどこかに尚之に引き受けてもらうという意識が私にもなかったとはいえない。

村上尚之と出会ったのは三年前。ある障害者運動の集会でのことだった。彼はその運動に出入りしているボランティア、私は友達に誘われておつきあいという感じでたまに集会に出ていた。私はその運動の趣旨には共鳴できたが、行動があまりにも過激で、何かついていけないものを感じていた。

その運動で出している機関紙に私の詩が載って、その詩について彼が話し掛けてきたのが最初だったと思う。

それから顔を合わすと話をしたり、手紙を書いたりした。詩や生き方や恋愛や、あれこれとりとめのないことを話し合ったような気がする。

そして尚之からの唐突な求愛。精神的にすごく弱いところがあって今まで定職を持てなかった彼が、私と話すようになってから安定して働けるようになったという。一人前になるまで待っていてほしい、と彼は言った。

私は尚之をそんな対象として考えていなかったので、少し戸惑ってしまったが、尚之に、

「本当に私でいいの？」

と念を押して、この出会いを展開させてみようと思った。

それから二人の関係は一気に純愛路線を突っ走った。

尚之は私に女の子らしさを求めていた。ショートカットで化粧っ気がなく、いつもパンツ姿の私に、髪を伸ばせの、化粧をしろの、スカートをはけのといろいろ注文をつけた。私は、少しうるさいと思いながらもそういう無邪気な尚之を楽しんでいた。

私は尚之の言うとおり髪を伸ばし、スカートもはくようになったが、化粧はしなかった。

私の体は脳性マヒという障害で、何かしようとするとき、それに必要な部分だけではなくて体全体が動いてしまう。糸の絡んだマリオネットのように神経の糸が体のあっちこっちでもつれて、例えば歩くにしても足だけが動くのではなくて手や首や顔まで自分の意思と関係なく勝手に動いてしまう。動いているよりじっとしているほうがエネルギーが要る不思議な体。その体を巧みにあやつりながら生きているのである。

そんなふうに無意識に唇が動いてしまってこすれあい、口紅をつけてもすぐに落ちてしまう。口紅ぬきの化粧なんてなんだかつまらなくて、結局化粧はやめた。

抱き寄せられて気が遠くなるのを感じた。尚之の部屋でなんとなく言葉が途切れたときだった。

「典子がほしい」

耳元でささやいている尚之の低い声が、どこか遠くで聞こえた。ふわりと抱きあげられて、花びらのようなスカートの裾を、感じた。

尚之はまるで駄々っ子のように私を抱いて、やがて眠ってしまった。

子供みたいな彼の寝顔を見ながら、私はこの人と生きていけるかな、と思った。下腹部には彼を受け入れた痛みがまだ残っている。

先のことはわからないけれど、尚之が今私を必要としていることだけは信じられると思った。


私はある障害者のための授産施設に入所していた。授産施設というのは一般の社会では就職することの難しい重度の障害者に仕事を与え自活させるという福祉施設である。

何の才能もなく、社会の流れに逆らうほどの気丈さもない平凡な障害者の、決してドキュメンタリーにはならない平凡な生活が、そこにはあった。

家族に負担をかけることなく安定した生活ができ、仕事というある程度の生きがいもある。繰り返すことが暮らしというものなら、そこにも確かに暮らしがあった。でも、それは積み重ねられることのない暮らし、そんな気がした。もっと自然な、へいぼん、が私たちにもあればいいのに。いつもいつもそう思った。

尚之の母から手紙が来たのは、彼との恋愛関係が始まってから半年ぐらい経った頃だった。内容はなんとなくわかっていた。斎藤典子様、という表書きが迷っているように小さく細かった。

息子はあなたとつきあうようになってから確かにまじめに働くようになった。それはありがたいと思っている。尚之はあなたとの結婚を考えているようだが、あれはあなたを幸せにできる男ではないし、人様の大事な娘さんを不幸にしないかと心配でならない。とにかく結婚はあきらめてほしい。そんな内容だった。

手紙には書いてなかったが、あきらめてほしい一番大きな理由は、私の障害だったと思う。授産施設の仕事場の窓から満開の桜が見えた。わーっと空気まで染めていきそうに、淡いピンクの花があふれていた。桜というと淡いとかはかないとか弱々しいイメージがあるけれど、私は毎年桜が咲くのを見るたびに、何か力強いものを感じる。つぼみが膨らみ始めると微熱のようなものを枝先に漂わせて、開き始めると堰が切れたようにわーっと一斉に咲く。開花のエネルギーというか、見ているだけで何もなくてもしばらく生きていけると思わせるような、息吹のようなものを感じるのである。

その生気を吸い込むように深呼吸をひとつして、尚之の母に手紙を書こうと思った。先のことはわからないけれど、とにかく今は尚之さんにとっても大切な時期だと思うので、二人のことはしばらく見守っていてほしい、私は自分のことも尚之さんのこともある程度わかっているつもりだし、決して無茶はしないつもりだ、という返事を、私は書いた。

尚之は無邪気なくらい本気で私との結婚を考えて仕事に励んでいた。こんな気持ちになったのは初めてだという。尚之のそんな無邪気さが私には少し苦しかった。

私は正直いって尚之との結婚を実感を持って考えることはまだできなかった。もちろん私は尚之が好きだったし、泣きたいくらい愛しいと思うこともあった。だが、結婚に対する気持ちはどこか主体性に欠けていた。

私を必要としてくれる人のそばで、かいがいしく、とはいかないまでも、時間はかかるけれど、一生懸命料理を作ったり、洗濯や掃除をしたり、子供を育てたり。そしてその人と二人で穏やかに年を取っていく、そんな平凡な普通の人生。何もないような、他の同じように平凡な誰かの人生に紛れてしまうような人生。そういうのっていいな、と思う。

障害のために免除されてきた、あるいは不可能とされてきたあらゆる普通のこと、普通の人生で普通にぶつかるあらゆること、受験とか、就職とか、結婚といった、そういうことをきちんと通り抜けてみたいと思う。

そして普通のかわいい妻になり、賢い母になる。そういうのっていいな、と思う。が、それとは全く違うものを求めている自分が、心のどこかにいた。

小さな駅の改札を抜けると、私は普通の女の子になる。

街で出会うパステルカラーのキャンディみたいな女の子たち。過去も未来もなくて今だけを降って湧いたように生きているまるのまんまの女の子たち。そんな花びらみたいな女の子たちに紛れてしまうような普通の女の子になる。そんな気がした。

私には、周囲からそうしむけられたのか、自分でそう思い込んでいるのか、体も心もまるのまんま女の子であってはいけない、という感覚があった。障害を持ったまま、ふわっと女の子でいるのは、なぜかとてつもなく無謀なことのように思えた。それは本能に近いもので、おしゃれをするにしても、夢を見るにしても、人を好きになるにしても、いつも心のどこかにブレーキをかけていた。

でも、尚之に会うときだけはまるっきりの女の子でいてもいいような気がした。一面に広がるコスモスの群生の中の一輪になったような、そんな感じ。障害を持った分、他人とは違う自分というものをたぶん人より強く感じていた私にとって、それは不思議な解放感であり、新鮮な感じがした。

桜のことを英語で『チェリーブラッサム』という。チェリーの花。日本語で、みかんの花とかりんごの花とかいうのと同じ感じだろうか。英語では桜の花よりもチェリーという果実のほうがメインであるらしい。

しかし、あの、派手な咲き方をし、散り方をする花を、『さくらんぼの花』と呼んでしまうなんて、考えてみるとちょっとすごい発想だと思う。そして、何と呼ばれても桜はエネルギッシュに花を咲かせ、甘くほろ苦い実を、凛と実らせる。

花と実と。私の人生にはどっちがメインなんだろう。

もう散り始めた桜の下で、ふと、そんなことを考えてみた。


ああ、あの頃から尚之の心は変わり始めていたのだな、と、今ならなんとなくわかる。彼のまわりの空気の流れ。つないだ指の感触。それから、私を抱くときの体の動き。彼が目の前にいたときには自分の思いが強すぎて見えなかった彼の微妙な心の動きが、だんだん見えてくる。ちょっとしたトラブルで会社を辞めたあと、なかなか仕事が見つからなかったあの頃、尚之にとって私はどんな女だったのだろう。周囲の反対。生活への不安。理由はいくらでも思いつくけれど、あんなに激しかった尚之の私に対する思いがさめていったのはどうしようもない事実だった。尚之は、私とは別のものを求め始めていた。


音信不通だった尚之からの手紙が、とんでもなく遠いところから届いた。会社を辞めてから何をしてもうまくいかないまま、突然手紙が来なくなって三カ月が過ぎていた。

尚之はあれから放浪の旅に出て、今、青森のある共同農場においてもらっているという。

『陽だまり村』というその農場には三世帯の家族が住んでいて、障害を持った人も何人か働いていた。典子にも勉強になると思うし、紹介したいので一度来てくれないか、と書いてあった。落ち着いて働けるところが見つかったのかな、と思いつつ、私は手紙の中の上っすべりな感じがなんとなく気になった。

とにかく会いたかった。行ってみようと思った。

夜行列車に一人で乗るなんて、尚之と出会っていなかったら、きっとなかったことだろうな。窓の外を流れていく夜を眺めながら、そんなことを考えていた。

ゴールデンウィークの寝台車は満員で、上の段のチケットしか取れず、私は一晩中立っているのを覚悟で乗り込んだ。上の段の寝台にはやっぱりどうしても上れなかった。通りかかった車掌さんにわけを話すと、意外とスムーズに下段に替えてくれた。私の体を気遣っていろいろ心配してくれる親切な車掌さんが行ってしまうと、心がしーんとなった。ひとりなんだ、と思った。尚之に向かっているときは、いつもひとり。

替えてもらった寝台に横になって、列車の振動に身をまかせる。ごとんごとんという振動は心地よくて、私はうとうとし始めた。

青森駅には尚之が信ちゃんという下半身マヒの友達と一緒に迎えに来てくれていた。私たちは信ちゃんの運転する車で『陽だまり村』に向かった。

信ちゃんは運転しながら私にいろいろ話し掛けてきた。とても気さくな青年だった。

青森市内から一時間ほど走った町はずれに『陽だまり村』はあった。

ここは夏場は有機農業で無農薬の野菜や米を作り、雪に閉ざされる冬は、収穫した野菜を使って漬物を作ったり、ろくろをまわして茶碗を焼いたりしているそうである。かなり広い野菜畑があって、民家が三つ、事務所兼窯場、家畜小屋、少し離れたところにりんご畑もあるそうだ。

ここに住んでいる三世帯の家族のうち、一世帯は障害者同士の夫婦で、あとの二世帯は健常者の夫婦。みんな私と変わらないくらいの若い人たち。その他いろんな人たちがしょっちゅう出入りしていて、働きに来るのは、主に、知的障害者と呼ばれる人たち。「ここはいい人の集団だから」と怜子さんが言っていたっけ。みんないい人だった。

怜子さんには、土にまみれて畑仕事をするには似つかない、どこか都会的で華奢な雰囲気があった。『陽だまり村』の一世帯、北村さんの奥さんで、まだ幼い女の子が二人いた。

「典子さん?」

と話し掛けられてから、なんとなく気が合って、尚之が農場の仕事をしている間、私はほとんど怜子さんと一緒にいた。

私たちは、尚之のこと、私と尚之のこれからのこと、農場のこと、出入りしている人たちのことなんかを話したり、料理を教えてもらったりした。

男を介して関わりあった女同士という関係には多かれ少なかれ、複雑で微妙な、切なさみたいなものがある。私は怜子さんの視線の中に時々鋭くはないけれど、じーんと痛いものを感じていた。

その夜は事務所横の食堂でみんなで食事をしたあと、私は窯場の横の尚之が使っている部屋に泊まった。夜になって降りだした雨は、夜半ごろ、雷を伴った。

尚之はなんだか妙にはしゃいで、饒舌だった。私が帰るとき一緒に帰ると言いだし、それから何か、論理はすごく正しいけれど、実現の不可能なことばかり言っていた。いちいち反論するのも淋しい気がして、私はなんとなく黙って聞いていた。

部屋の明かりを消してひとしきり抱き合ったあと、私たちは窓の外で稲妻が閃くのを見ていた。稲光が走るたびに、降りしきる雨が粒の形で光る。

「きれいだね」

尚之が、ボソッとつぶやく。

ここへ来て初めて尚之と言葉が通じた、と思った。

閃光。雷鳴。雨。風の音。そして夜の中の二人。

尚之の腕の中で私は美しい夜だと思った。尚之と共有した美しい夜。私と尚之が一緒にいること、そのことがなぜかとても不思議なことのように思えた。

翌日は、ゆうべの豪雨が嘘のようによく晴れた。私は、尚之の部屋を掃除して、たまっていた洗濯物を片付けた。北国のまだ冷たい春の風が頬に気持ちいい。私は、なんということもなく、生活という言葉を思い浮かべた。

農場の人全員でとるにぎやかな昼食を終えて、私は怜子さんの案内で農場の中を見せてもらった。家畜小屋に行ってみたり、野菜の仕分けや梱包を手伝ったりした。みんなにこにこしていた。一日や二日でわかったような顔はしたくないけれど、豊かだなあ、と思った。

その日の夕食は北村さんの家に招かれることになった。軽く食事をして、子供たちを寝かしつけたあと、北村さん夫婦と四人でお酒を飲んだ。

尚之は相変わらず、むちゃくちゃな論理を展開させていた。「おれは一生定職は持たない」とか、「結婚しても放浪はやめない」などと言う。

北村さんが私をかばって、

「あんたはそれでいいかもしれないけれど、典子さんはどうなるんだ」

と言うと、今度は障害者の自立問題を持ち出してくる。

尚之は弱い男だと、私は思っていた。弱いから論理に逃げ込むのだと。確かに尚之は、考えていることとやっていることとのギャップにいつも悩んでいたし、尚之のそういう気持ちを私もわかる気がしていた。

しかし、いま目の前にいる尚之は、論理でガチガチにかためて物事を強引に自分の思い通りにしようとしている、私のまるで知らない男だった。

「一人の女と結婚するには、それなりの覚悟ってものが必要なんだよ。わかってるか？　どっちが上とかどっちが下とかじゃなくて、一緒に生きてくんだよ。一緒に生きてく同志なんだよ。

おれはこいつのこと同志だと思ってる」

北村さんが怜子さんのほうを目で示して、言った。

「そう。夫婦って同志なのよ」

と、怜子さんが大きくうなずく。

「同志？　こいつとか？」

私のほうをちらっと見て薄笑いを浮かべている、この男は誰だろう？


「あなたって、所詮そういう男なのよね」

あなた、という言葉の響きに、私ははっとした。怜子さんが尚之に対して発した言葉だった。お酒もだいぶ進んで、北村さんは「もう寝るわ」といって席を立っていた。私もなんだか頭がぼんやりしていた。

気がつくと、尚之と怜子さんが何か言い争っていた。言い争いながらも、二人の間には何か通じ合うものがあるような気がした。

「典子さん、あなた、この男を引き受ける覚悟が本当にあるの？」

いつの間にか私の横に来て、怜子さんは言った。そして私の手をとって話し始めた。何を話したのか、よく覚えていない。ただ彼女の長い髪と悲しい表情が、記憶に貼りついている。何が何だか把握できない頭の中で、尚之よりも私よりも怜子さんが一番傷ついているということを、私は確信みたいに強く感じていた。

怜子さんは何かつぶやいて、急に泣きながら飛び出していった。私はとっさに、追いかけなくては、と思い、外に出たけれど、体が思うように動かず、彼女はもう見えなかった。

家に戻ると、いつの間にか尚之もいなくなっていた。一人残されたまま、私はどうすることもできず、ただ待つしかなかった。

怜子さんのことがなぜかとても心配だった。

一時間ほど経っただろうか。尚之が戻って来た。

「典子、おいで。部屋へ帰ろう。わけを話すよ」

尚之が小さな声で言った。

北村さんの家を出ようとしたとき、奥のほうで、いつ戻ったのか、怜子さんのすすり泣く声が聞こえた。

そのとき、何もかも急に鮮明にわかり始めて、軽いめまいがした。

怜子さんは、尚之を愛していた。

部屋に帰ると、私は黙って荷物をまとめ始めた。私が何もかもわかってしまったと思ったのだろう、尚之も何も言わなかった。意識だけがばかに冷静で、自分のものでないように手や体を動かしている。

「……明日の朝、帰ろうね」

数分の沈黙のあと、私は、荷物から顔を上げずに言った。

「おれの一番好きな女は、典子だからな」

尚之が言い訳をするように言う。

そして怜子さんは「二番目」に指定されるのね。

「いちばん」という言葉が、なんだかとてもあいまいなものに思えた。

振り向くと、尚之の顔がぼやけていた。なぜ泣いているのか、自分でもわからなかった。ただ早く尚之と一緒にここを出ていきたかった。

一睡もできないまま、ひたすら夜が明けるのを待った。


翌朝、私が急用を思い出したということにして、私たちは帰ることにした。

みんなとても残念がってくれた。

「また来てください」

という北村さんの笑顔が、少しつらかった。

「彼女、泣かせるなよ」

尚之に向かって、ちょっときびしい表情で北村さんが言った。

怜子さんはゆうべのことをよく覚えていないらしく、ぼんやりと水でうすめたような笑顔だった。私は少しほっとして、

「ありがとう。お元気で」

と笑うと、怜子さんも笑顔を少しはっきりさせた。

『陽だまり村』というその限りなくやさしい場所を、私は複雑な思いで出てきた。

尚之とは、ゆうべからほとんど口をきいていなかった。私は、体を揺らして普通の人よりまどろっこしい歩き方をする。速度も数倍遅いので、尚之と歩くときは自然に手をつなぐようになっていた。こんなときでも。

尚之とバス停までの道を歩きながら、私は少しうつむいてつないでいる手を見ていた。大切な何かを失ったような、何かを得たような、不思議な気持ちだった。

駅に向かうバスの中でも、切符を買って改札を出てからも、私たちはお互いに黙ったままでいた。周りに人がいるせいか、それは重苦しい沈黙ではなく、黙っているのがむしろ当たり前という感じだった。

二人で特急列車の座席に並んで座る。座席の上の網棚に鞄を上げている尚之を見て、これから何時間も尚之と二人でいるのだな、と私は思った。

通過駅をいくつか過ぎた。尚之が、不安なときいつもそうするように、私の手を握ろうとして、やめた。まるで叱られた子供みたいで、おかしくて、一瞬泣きたくなった。

視線を窓の外にずらして、私は尚之の手にそっと手をおいた。尚之が少し驚く気配がする。もう少しだけ恋人のままでいよう、と思った。

二人の間を柔らかな時間が流れ始めた。砂時計の砂がゆっくりと落ちるように、恋が終わろうとしているのを感じた。尚之と一緒にいられるその空間がとてつもなく愛しかった。

乗り換えの駅で食堂に入った。カレーライスを食べる尚之を、スパゲッティをフォークにまきつけながら、私はじっと見ていた。悲しいのではなかった。今までのことを思い返すのでもなかった。いま目の前にいて福神漬やらっきょうをほおばっているまるのまんまの尚之を、ただ見ていたかった。

「道草、しようか？」

次の列車を待ちながら、ホームのベンチで尚之に言ってみた。

「途中下車して、今夜どこかに二人で泊まるの。そのくらいのお金ならあるし。いい？」

「どうしたんだ、急に」

と言いながらも、尚之の心がやわらいでくるのがわかる。

「そういう気分なの」

立っている尚之の宙ぶらりんの腕を思い切り振って、私は笑った。

アダルトビデオの女優ってどうしてあんなわざとらしい声を出すんだろうか。ホテルの大きなベッドの上で、尚之がつけていったビデオを見るともなく見ながら思った。時々絵と音がちぐはぐになる。その欲望だけを満たすために作られているのはわかるけど、この程度の次元で満たされる欲望って、なんだろう。

濡れた髪を拭きながらバスルームから出てくる尚之を、首を傾げて見る。

斜めに傾いて、尚之が近づいてくる。

本当の、あのときはもっと切ない。

傾いたままの視界の中で、尚之が冷蔵庫からビールを出している。ガラスのふれあう音がする。

「飲むか?」

尚之がベッドに腰掛けてビールを注ぐ。私は首を傾げたまま黙って尚之を見ていた。

「どうした? 典子」

ナイトテーブルにグラスを置いて、尚之が私の耳元に顔を寄せる。そしてほとんど息だけでささやく。

「典子」

私は尚之の首に手をまわし、シャンプーの匂いのする尚之の頭をそっと抱いた。


「半年たったら、一緒に暮らそうな」

朝のホームで尚之がポツンといった。

「おれ、それまでがんばって仕事してお金ためるから。あんなことがあって、えらそうに、ついてこい、なんて言えないけどな」

尚之の腕にもたれながら、私は黙って聞いていた。一時的に働いてお金をためて一緒に暮らして、それからどうやって食べていくの？　それが問題なんじゃない。私たちずっとそのことを話し合ってきたのよ。

でも、もういいのだ。みんな終わってしまうんだから。

農場を作ろうとか、店を持とうとか、尚之の話は私の考えられる範囲を超えてどんどん広がっていく。

もう、あきらめてしまった、尚之との、たくさんの未来。

尚之の腕に頬をつけて、私は猫のようにじっとしていた。

強い風が吹くたびに、アスファルトに散った花びらが舞い上がる。あれからもう一年たつんだな。以前とは何も変わらない平坦な生活が続いている。尚之とはあれっきり連絡がつかない。何もできなかったな、と思う。でも、いったい何をしようとしていたんだろうか、とも思う。今頃どんな論理で尚之は生きているんだろうか。

桜吹雪の向こうから笑いながらボーイフレンドが松葉杖で歩いてくる。いつもふざけてばかりいる彼が、最近、時々まじめな顔で結婚をほのめかして、ドキッとさせる。

明るい未来、みたいに、彼の笑顔が近づいてくる。

ふと、怜子さんのことを思った。彼女はあのやさしい場所で、これからも時々あんなふうにひそやかに心をさらして恋をするのだろうか。

「典子、何ボケーッとしてるんだ？　おれに見とれてたのか？」

いつの間にか横に来て、彼が言った。

「まさか」

私たちはなんとなく並んで歩きだした。二人とも体を揺らして歩くので、ぶつからないように少し離れて歩いた。

「おれ、この体でこうやって歩くの、好きなんだ」

歩きながら彼が言った。

「普通の人が普通に何気なく歩くのもいいけれど、こう足を踏ん張って、歩くことに集中して歩くっていうのもいいな、と思うんだ。歩いているっていう実感が湧くっていうかさ。人に言うと負け惜しみみたいに聞こえそうだけど、でも、好きなんだよな、おれ」

散り敷かれた花びらの上を、彼は本当に楽しそうに歩いている。

「典子は、そんなこと思うときってないか？」

彼が足をとめて振り向いた。

「あるかもしれない」

立ち止まってそう答えると、彼はうれしそうに笑ってまた歩き始めた。
彼と歩く人生って、たいへんだけど楽しいだろうな、と思う。でも、その前に。
そう、その前に自分の中の何かを確かめたい。
しばらくはひとりで歩いてみよう。
花びらを巻き込む風の中で、私は思った。

リアル

「僕、ゲイなんだよ。知ってた？」

ラーメンのどんぶりから目を上げて、雄二が言う。のぞき込むような面白がるような諦めたような目だ。

晴れた休日、街に出かけ、ＣＤを一枚買って本屋とパソコンショップをのぞいた帰り、偶然この年下の仕事仲間に会ったのだった。

「うん、なんとなく知ってた。何よ、いきなり」

できるだけさりげなく私は言う。雄二は以前から女の子に対してよりも男の人に対して妙に意地を張ったり思い悩んだりする傾向があった。まるで異性に対するように。

「ふうん、知ってたんだ」

雄二の目が再びラーメンにもどる。

「そういうのってさ、やっぱり変だと思う？　悪いことかな」

視線をどんぶりに落としたまま、雄二が言う。

「自分では悪いとか変だとか思ってないんでしょ？」

言いながら、私はひどく後ろめたい気持ちになる。

「いちおうそのつもりだけどね、時々、自信がなくなる」

頬杖をついて、雄二はひとつ向こうのテーブルをじっと見る。五歳ぐらいの男の子を連れた家族連れが、大きな買い物袋を横に置いて遅い昼食をとっている。

「考えてもしょうがないけどね」

雄二はそう言って少し笑い、音を立ててラーメンをすすり始めた。

お昼をだいぶ過ぎているせいか、ショッピングセンターの中にある食堂は日曜日のわりには意外に空いていた。七つほどあるテーブルのうち三つには誰も座っていない。天井からつるされたテレビでは、若いお笑いタレントがガチャガチャしたギャグを連発している。

「ああ、おいしかった。ごちそうさま」

と言ってニッと笑い、雄二はわきに寄せてあった椅子を素早く元にもどし、テーブルの間の狭い通路を車椅子で器用に抜けていく。

「ちょっと、割り勘なんだからね」

出口に向かって走り去る背中に言う。

車椅子に乗ったゲイ。

自動ドアの前で振り返って親指を立てて笑っている雄二を見て、そんな言葉を思ってみる。なんだかひどく現実感のない言葉だと思う。現実感のない現実はたくさんある。

やれやれ、逃げ足の速い奴だ。

私は伝票を持ってレジに向かった。


男子の入所者の方の立ち入りはご遠慮ください。

女子の居住棟の入り口の貼り紙である。外部からクレームがついたとかでいつの間にかはずされているが、あのころはまだ何の違和感もなくそこにあった。

あのころ——十五年前である。

東京の大学を卒業したという若い指導員が、この田舎町の授産所に赴任してきた。篠田雅夫といった。ルームメイトの映子は、あの先生、顔がちょっと変じゃない？　と言っていたが、私は線の細いごく普通の男だと思った。

この授産所は収容人数四十人の、規模としては中規模の身障者施設であった。当時はまだ田んぼの残る平地に不自然なほど大きな建物で、中央に管理棟と作業棟があり、それを左右から挟む形で男子と女子の居住棟があってそれぞれ渡り廊下で結ばれていた。

作業は主に印刷関係。ちょうどそのころ普及しはじめたワードプロセッサを使って原稿を起こし、それに沿って活字を拾い、輪転機を回す。年賀状や名刺、パンフレット、チラシなどの印刷のほか、市役所の刊行物なども請け負っていた。

篠田さんが担当したのはワードプロセッサの部署の指導だった。福祉のことに詳しく、障害者問題にも理解のある人で、作業が終わってからもよく何人かの若い入所者と話し込んでいた。

その中に私とナオミもいた。

山崎ナオミは私と同い年。障害も同じ程度のCP（脳性マヒ）。学年は一つ下で、それほど親しいわけではなかったが、養護学校時代から知っていた。ナオミには、悪意はないのだが、昔から少し思い込みの激しいところがあり、私はどちらかというと苦手だった。

ナオミが篠田さんに熱を上げるのにはさほど時間がかからなかった。

「篠田さんがね、結婚するんなら障害者がいいんだって。誰のことかしらね」

思わせぶりに笑いながら、あるとき、ナオミが言った。

作業終了後はもちろん、日曜日にはアパートを訪ねたり、車で一緒に街へ買い物に出掛けたり、ナオミの篠田さんへの接近は目立ち始めていた。そういうときのナオミの言うことだから、どこまでが本当なのかあまり信用できないが、篠田さんも別に迷惑そうな様子もないし、そのつもりなんだろうかと思った。

結婚するんなら障害者がいい。この言葉が妙にひっかかっていた。


インクの匂いがする。この匂いが好きだ。

仕事場の匂い。新しい本の匂い。

何か別の世界がひらける、そんな予感のする匂いだ。

授産所の作業は企業の下請け仕事がほとんどで単調なものばかりだったが、それでも新しい印刷物が刷り上がるとわくわくする。

篠田さんの話もそういう匂いがした。

広い作業室はいくつかの部署ごとに仕切られていて、私たちの部署は入り口のすぐ横にあった。大きな作業台の上にワードプロセッサが二台ずつ向かい合わせに四台並んでいる。機械のわきには原稿をのせるための譜面台のようなものや辞書などが無造作に置かれている。少し離れた窓際には職員用の事務机があった。仕切りの向こうでは輪転機の回る音がしている。

仕事は覚えることがたくさんあった。

ワードプロセッサという機械がようやく普及し始めたばかりの頃で、導入されて操作の仕方を覚えたと思うとすぐあとから新しい機種が出てきた。授産所のワードプロセッサがそんなに頻繁に変わることはなかったが先端の仕事をしているようで楽しかった。

「里中さんは詩がうまいから、いつか詩集を出せたらいいね」

昼休み、少し早めに作業室に入ると、篠田さんが声を掛けてきた。授産所の機関紙に載ったものでも読んだのかな、と思った。

「これ、僕の好きな詩人なんだけど、読んでみる？」

そう言って詩集を三冊差し出した。どれも私の知らない詩人だった。もともと私はあまり人の詩を読まないほうで、有名な詩人の名前もほとんど知らなかった。ただ言葉にはすごく興味を持っていて試行錯誤しながら詩を書いていた。

「ありがとう」

詩集を受け取ると辞書の横に置いた。ナオミに見つかるとうるさいなと思った。

「真田さんと亮子ちゃん、また外で会ってたんだって」

面白くもなさそうに映子が言う。

「公園でキスしているところを町の人に見られて通報されたらしいわ。車椅子って目立つからね」

またか、と思った。

真田というのは男子の入所者で、オートバイの事故で脊椎を損傷したという少し不良っぽい青年だった。亮子は隣の県からきたＣＰの女の子。

二人は授産所では公認の仲だったが、職員の特に上のほうからは疎まれていた。

「公園でキスなんて今どき子供のマンガだってやってるじゃない。障害者がやるとどうして変なのかな」

男女のことに厳しくいつもは亮子たちのことにも批判的な映子がめずらしく二人の肩を持った。

通報した人はたぶん善意だったのだろう。

あんな体であんなことして大丈夫なのか、という善意。

そんな善意がガサガサと体の中にたまり、得体の知れない空洞を作っていくような気がした。

国際障害者年というイベントを契機に障害者解放運動というのが各地でさかんに行われていた。日常的に介助の必要な重度の障害者が施設に入所せずに生活保護を受け、自らボランティアを募って一般のアパートで一人暮らしをするということが行われだしたのもこの頃だった。日曜日に街に行くと、駅前でボランティア募集のビラが配られるのを時々見かけた。授産所にも少なからぬ影響があり、自由な生活にあこがれる入所者もいたが、私は自分でボランティアを探して人間関係を作って生活するという自信もなかったし、運動ということにも興味を持てなかった。

それでも大学などで開かれるその種の講演会には誘われて何回か行ったことがある。顔を合わせることはなかったが、篠田さんもボランティアとして参加していたようだ。

授産所や施設には出身の市町村から障害者一人当たり月々二十万円近くの措置費が入るのだという。生活保護は地域によって違うが平均して十二、三万、介護補助金を加算しても十五万円前後。施設に入るよりも生活保護を受けて暮らしたほうが国や地域としてもはるかに安上がりではないか、という。

どちらにしても障害者一人あたり二十万円とか十五万円とかいうお金が動くのである。

私が朝八時四十五分から夕方五時までワードプロセッサのキーボードをたたいて受け取る月

八千円の作業工賃っていったい何だろう。

体の中の空洞がどんどん広がって発泡スチロールのように、キュッ、キュッ、と、音を出しそうだった。


「これ、この間の返事ね」

朝礼が済んで仕事の準備をしていると、篠田さんが折りたたんだレポート用紙を作業台の上に置いていった。

借りた詩集の感想を書いて渡したのがきっかけで、こんな手紙のやりとりが二、三回続いていた。言葉の遊びのような理論ばかりのやりとりだった。

ワードプロセッサのわきに手紙をしまい、私は作業を続けた。その日は納品日で、篠田さんは一日外回りだった。

休憩時間になって何気なくレポート用紙を開いた私の目に「女装」という文字が突然飛び込んできた。

女の名前で終わっていた。

何のことかわからなかった。私あての手紙でないことは確かだった。

外はよく晴れて、大きく開け放たれた窓からは澄んだ柔らかな春の日差しが差し込んでいた。

廊下でたばこを吸ったりお茶を飲んだりしてくつろいでいる人の話し声や輪転機の音が相変わ

らずしていた。何もかもいつも通りの朝だった。

休憩のあとも仕事をしながらずっと手紙のことを考えていた。頭の中で言葉をパズルのように何度も何度も組み替えて、出てきた答え。

信じられなかった。認めたくなかった。

「同性愛は自然の摂理に反しているとか、人類の繁栄に悪影響だなんていまだに言っている人がいるけど、本当は同性愛も自然の摂理の一部なのよ」

コーヒーにクリームを入れてスプーンでかきまぜながら川田さんが言った。

グレーのざっくりしたセーターに黒のジーンズ姿で、髪はいくぶん長めだったが、どこにでもいるおにいちゃん、という感じの青年である。

私や雄二と同じ障害者、ＣＰのようだった。言語障害が少しある。

雄二に誘われて、あるゲイのサークルに遊びに来ていた。同性愛について考えるサークルで、悩みを話し合ったり、差別について考えたり、出会いの場にもなっているようだった。

雄二はこのサークルに入ってからとても元気になってはりきっている。

サークルには障害者は雄二と川田さんのほかに電動車椅子の青年がいた。

二時間ぐらいの集会を終えたあと、数人で喫茶店に入った。サークルのたまり場になっている店のようだった。

「自分がゲイだって自覚したとき、私、いろいろ調べたの、同性愛について。精神医学や心理学、歴史的なこともね」

川田さんは続けた。

「同性愛っていうのは大昔からあるの。遺伝子の中に組み込まれているのよ。生まれてくる子供の何パーセントかは同性愛者になるようにプログラムされてるの。だから全然、異常でもなんでもないのよ。むしろ、同性愛者がいることのほうが正常なの」

「くじに当たったみたいなものよね」と、誰かが言った。

「そうそう。でも、異性愛者のほうが圧倒的に多いわけだから、それが当たり前っていうことになった。絶対的な価値観にね」

コーヒーをひとくち飲んで、川田さんは続けた。

「で、当たり前でない同性愛は異常ってことになるのよ。事がセックスに関することだけに、押し隠されてなおさら暗くていかがわしいイメージをまとわされちゃう。あるいは、茶化されてまともに考えてもらえない。隠そうと思えば隠せちゃうしね。自分でそれを受け入れるまでが大変なのよ。障害者差別とはちょっとニュアンスが違うかもしれないけど、基本的には同じことなのよ。要するに、くじに当たっただけ」

「僕たちなんか、ダブルで当たって大当たりね」

と、電動車椅子の青年が笑う。

ふだんから雄二を見ているので変な先入観はないつもりだったが、サークルの雰囲気は思ったよりも気軽な感じがした。女同士のような、女同士よりも棘のない感じかな、と思った。

店内に流れる静かなＢＧＭとコーヒーの香りが心地よかった。


体が宙に浮いたような感じがずっと続いていた。

いつもと変わらない周りの出来事に妙に現実感がない。

まるで空気の中を泳いでいるように、何をしても何の実感もなくて、ただ風景が流れていくだけだった。

三日ほど仕事を休んで家に帰っていたが、施設に戻ってからもその感じはしばらく変わらなかった。

私と話すときの篠田さんの、おどおどした目つきだけが、重い現実だった。

あの日、外回りから帰ってきた篠田さんに、この手紙違うのではないかと言ってレポート用紙を返した。

篠田さんはすぐに中身を確認した。そして、これ違うわ、ごめんね、と言った。

何か説明をしてくれるのではないかとしばらく待ったが、篠田さんはただ手紙を見つめているだけだった。

黙って帰ろうとする私の背中に、篠田さんはもう一度、ごめんね、と言った。

もちろんそのことは誰にも言えなかった。篠田さんともそのことについてはひとことも話さなかった。ちょっとでも口に出すと、大変なことになりそうだった。

同性愛とかゲイという言葉は知っていた。テレビではゲイのタレントが出てきたり、ドキュメンタリー番組に取り上げられたりして、日本でも徐々に認められ始めているらしかった。でも、そんなことはどうでもよかった。そんなことはテレビの中のことだった。

篠田さんがなぜあんな目をしなければならないのか。なぜ、あの目のせいで、あるいはあの紙切れのせいで、ほかのことがすべて嘘に見えてくるのか。

私は普通にしていた。いろいろ考えて、それが一番いいと思った。仕事上必要なので、篠田さんともできるだけ普通に話した。何も言わずにただ見ていることがこんなにエネルギーの要ることだとは思わなかった。

何もかもいつも通りだった。篠田さんは相変わらず若い入所者に人気があったし、ナオミはキャーキャー騒ぎながら篠田さんを追いかけていた。

仕事が終わって部屋へ帰ってくると、心からほっとした。ここには篠田さんの信奉者はいない。篠田さんのことが話題になることもめったにない。忘れることはできなかったが、人の話に違和感を感じて緊張することはなかった。

居住棟の部屋替えがあってナオミと同室になるのは、それからしばらくしてのことだった。最悪、だった。

「真田さんね、夏にはここを出るんだって」

　ベッドに寝転んだまま、ナオミがいった。

「アパートを借りて一人暮らしするらしいよ。仕事も見つかりそうだって、篠田さんが言ってた。車の運転とかも教えてるらしいし、真田さんも頑張ってるけど、篠田さんもなんだかこの頃すごく頑張ってるみたい」

　ナオミの話は結局いつも篠田さんの自慢になる。そういうことにもだんだん耳が慣れてきている。実際、篠田さんが真田さんのことであちこち奔走しているのは本当らしかった。

「仕事がうまくいって生活が軌道に乗ったら、亮子ちゃんを迎えにくるんだってさ。あーあ、いいいな。私も早く迎えにこないかな」

　何か話し掛けてもらいたいようだったが、私が乗ってこないので、ナオミは諦めて、読みかけの本を手にとってページをめくり始めた。

　部屋替えで変わったのは、この部屋ではナオミと年配のおばさんが入れ替わっただけだった。私と映子はそのままで、ナオミを入れて三人部屋。映子は私より五つほど年上で、頭もよくてナオミの話にもうまく水を差してくれるので、助かっていた。

　もちろんナオミは純粋に篠田さんのことが好きなだけだった。周りが少し見えなくなりかけているようだったが、何も知らずにひたすら篠田さんを追いかけているナオミが、私はどこかでうらやましかったのかもしれない。

でも、私はナオミではなかった。

篠田さんが髪を伸ばし始めた。伸ばし始めたというより、単に髪を切らなくなった。篠田さんも思い悩んでいるということなのか。なんだか見せつけられているような気がして、軽い嘔吐感を覚えた。私は、差別をしているのだろうか。そう思うと、苦しかった。

やがて男の子たちが篠田さんの長い髪を見て、おかま、という言葉を冗談で言うようになった。みんな無邪気に笑っていた。

冗談になるんだ、と思った。


「誤解している人が多いけど、私たち何も好きで人と違うことしてるわけじゃないのよ」西野という、サークルの中では年長者らしい人が言った。

喫茶店での話がまだ続いている。

男は好きだけどね、と、どこかで声がした。

「まあね」西野さんは笑って、続けた。

「私たち、っていうと語弊があるわね。いろんな人がいるから。少なくとも私はそう。親は泣くし、親戚とは絶縁状態だしね。好きでやれることじゃないわよ。好きな人ができても、正式に結婚できるわけじゃないし、もちろん子供もできない。若いときはいいけど先のこと考えるとどうなるのかなって思うわよ。できるなら普通に生きたいわ。でもそうすると、私は女の人を好きにならなくちゃいけない。それができないからこうしているのよ」

　コーヒーをおかわりして、西野さんは続けた。

「私より上の年代の人はね、異性愛に違和感を感じながらも普通に結婚して子供もいるっていう人が多いの。たぶん、奥さんとかは自分の夫がゲイであることを知らないわ。でも、その人たちを責めるのはちょっとつらいわね。昔は差別が今以上にハンパじゃなかったし。みんな普通に生きたいのよ」

　細い華奢な指で、西野さんはコーヒーカップをとった。ピンク系の口紅をうすく引いた形のいい唇が白いカップにふれる。

「好きでやってるわけじゃないけど、誇りは持っているわ。ゲイである自分も結構好きかなってこのごろ思うの。ゲイとして普通に生きられたらいいよね」

　カップを傾けてコーヒーを飲む西野さんの横顔を、私はきれいだと思った。

　入所者の文集作りを計画して授産所の所長と交渉したり、地元のボランティアグループとの交流を働きかけたり、確かにその頃の篠田さんは行動的だった。何かを振り切るように……。そう見えたのは私の思い込みのせいだろうか。もしかしたら私自身がそういう状態だったのかもしれない。

「授産所の一歩外に出れば指導員も入所者も関係ないじゃない。普通の男と女だわ」

口をとがらせてナオミが言った。

篠田さんとつきあうのはやめておいたほうがいいと、私が言ったのだ。ナオミが反発するだけなのはわかっていたが、週末は彼とデートだ、とあんまりうれしそうにはしゃぐので、聞き流してもいられなくなった。

「普通の男と女って言うけどさ、ナオミ、あなたは障害者で篠田さんは健常者なのよ。本当にそんなこと関係ないって言える?」

事情を知らない映子が加勢してくれる。体の中の空洞が乾いた音を立てた。

「言えるわよ。篠田さんは障害者に理解がある人だわ。それにだいたい私のことがいやなら断ってくるんじゃない? 彼、よろこんでつきあってくれているわ」

ナオミはさらに私に向き直り、

「典子、あなたまた難しいことを言って篠田さん困らせてるでしょ。篠田さん、なんだかあなたのこと怖がっているみたいよ。前の部屋にはよく話をしに来てくれたのに、この部屋になってから全然来てくれなくなったわ。私が健常者とつきあっていると思って焼きもち焼いてるんじゃないの?」

と、日ごろの憤懣をぶつけるように言った。

「ばかばかしい。デートでも何でも勝手にすれば」

これ以上何を言っても無駄だと思った。

「言われなくても勝手にするわよ」

ナオミはそう言って後ろを向いた。

結婚するなら障害者がいい。

いつか篠田さんが言ったという、その言葉が頭からはなれなかった。


篠田さんが授産所を辞めた。

ナオミにも誰にも言わずに、ある朝突然いなくなった。

ナオミは当然のようにショックで寝込んだ。

私はナオミではないので普通の顔をしていた。

真田さんと暮らし始めた亮子を通じて篠田さんは私に転居先の住所をことづけていった。母親が一人で住んでいる実家の近くで働くということだった。

「なんだか知らないけど、ナオミちゃんじゃなくてあなたに知らせてほしいって言ってたわよ」

と不思議そうに亮子が言った。

手紙を書けということなのだろうかと思った。何も話せずただ普通でいるしかなかった私に、今どんな手紙を書けというのだろう。考えあぐねて、私は結局あたりさわりのない普通の手紙を書いた。

篠田さんがいなくなってからも私はずっと普通にしていた。おかしなことに、目の前に篠田さんがいるときよりもいなくなってからのほうが、こたえた。目に見えないものと、たった一人で戦っているような気がした。

篠田さんから手紙が来るようになって元気になったナオミは、その手紙のたびに騒いでいた。いつもと変わらない光景だった。


「男の人に抱かれるって、すっごく気持ちいいんだよ」

にこにこしながら亮子が言った。

亮子たちのアパートを訪ねるのは二回目だった。六畳と四畳半ぐらいの部屋にトイレと台所のついたごく普通のアパートだった。

「いやらしい意味とかそんなんじゃなくてさ、心の中がふわっとやわらかくなるの。とてもあたたかくて、ああ、私は私のまんまでいいんだって思うの。何かから許されているっていう感じ。もう、何でもありって感じよ」

落ち着いた笑顔で亮子は言った。

「彼、脊損で普通の男の人のようにはできないし、いろいろ変なことを言う人がいるのよ。私、そういうことよくわからないけど、でも、普通の人のすることなんかマニュアルにしたら、それこそ興ざめなんじゃないかな。って、これは彼の受け売りなんだけどね。私も本当にそう思う。だって、気持ちいいことは気持ちいいんだし、素敵なことは素敵なんだよ。そういうのって、二人で見つけていくものでしょ。人間と人間がすることだもの、いろいろあっていいと思うし、大差なんてないわよ。差があるとすれば、愛の強さかな」

亮子はそう言って声をたてて笑った。

これが、授産所でみんなから非難されて泣いていた、あの小さな女の子だろうか。

「亮子も、たくましくなったもんだね」

思わずほほえみながら、私は言った。

「そう？　だったらそれは、愛の力よ」

腕を曲げ、力こぶを作る真似をして、亮子がうれしそうに笑った。


篠田さんが結婚するという噂を聞いたのは、彼が授産所を去ってから一年半ほどたった頃だった。

手紙も途絶えがちになって熱も冷めかけたナオミはそれでもそれなりにショックだったようだが、寝込みはしなかった。

入所者や職員が何人か授産所を辞めていき、入れ替わりにまた何人か入ってきていた。篠田さんを知らない人が増えていく。

時間が降り積もっていく感じがした。何も変えずにやんわりと風景が変わっていく。その中に埋もれていく、知られることのないたくさんの現実。私の知らない現実もたくさんあるのだ。もしかしたら誰も何も見ていないのかもしれない。

私はいつもと変わらず、朝八時四十五分から夕方五時まで作業室でワードプロセッサのキーボードを叩いて月八千円の作業工賃をもらっている。私の小さな現実である。

篠田さんは篠田さんの現実を選んだのだろうか。

仕切りの向こうで輪転機の回る音がしている。

「あんなにいるのね。私たちが当たり前だと思っていることに違和感を感じる人たち」

ゆりちゃんという、大学生らしい女の子が、私の手を引いて歩きながら言った。サークルの帰り、駅までの道をみんなより足の遅い私と一緒に歩いてくれていた。ゆりちゃんも友達の友達とかいう人に誘われてこのサークルに来ていた。

「私、ボランティアとかやってて、障害者の友達も結構いるのね。自分は偏見とか差別とかするような人間じゃないと思ってた。でも、自分の身近な人がゲイだって知ってすごいショックだったわ。そのこと自体よりも、そんなことにショックを受ける自分がショックだった」

ゆりちゃんは言った。

横断歩道の前で私たちは立ち止まった。信号が赤なのを確認して、ゆりちゃんは続けた。

「頭の中ではわかるの。そんなこともあるんだなって。でも、感覚的に理解できないのよ。同性同士そんな関係になるってことが、ね」

信号が青になったので、私たちは横断歩道を渡った。渡り切って一息ついたところでゆりちゃんはまた話し始めた。

「彼、あっけらかんとしてるの。私がこんなに悩んでいるのに本人はいたって明るいのよ。考えたら、彼にとっては普通のことなのよね。とても自然なことなのよ。異性愛者が同性愛のことを感覚的にわからないっていうのは、裏返して考えれば、同性愛者が異性愛に違和感を感じるのと同じことでしょ？　だから、わからないっていうことは差別じゃなくて反対に大事なことなんだと思う」

駅の前でみんなが集まって私たちを待っていてくれるのが見えた。

「誰だって自分の感覚が異常だなんて思いたくないわ。だから正常っていう枠を作ってその中に入って安心するのね。自分と違う人がいると不安になるのよ。わからないことが怖いのよね。同性愛の問題って本当は異性愛者の問題なんじゃないかな」

ゆりちゃんがそう言ったとき私たちはもう駅の前まで来ていた。

どこに紛れ込んでいたのか姿の見えなかった雄二がいつの間にかみんなと一緒にそこにいた。背の高い茶髪の青年に車椅子を押してもらっている。

「これ、僕の彼氏」

うれしそうに笑いながら、雄二は親指で後ろの青年を示した。

青年も照れたように笑っていた。

恋愛、か。

集会のとき不思議に聞こえたその言葉を、何か明るい気持ちで思っていた。いろんな恋愛が、ある。

夕方が近いせいか、ターミナルではバスを待つ人の数が増えているようだった。

駅前の一団はゆっくり構内へ移動し始めた。

入り口の階段のところで、よいしょ、と車椅子を持ち上げる掛け声が聞こえた。

あとがき

『ニキチ』がもし〇木賞（某有名文学賞）を受賞したら……などという突拍子もない妄想から、『リアル・アバター』の構想が始まった。

『ニキチ』というのは五年ほど前に書いたわたしにとって初めての長編歴史小説である。

重度脳性マヒのわたしが〇木賞を受賞したら世間はどういうリアクションをするだろう。「障害を乗り越え〇木賞受賞」という新聞の見出しが真っ先に目に浮かんだ。そんなにベタな表現ではないかもしれないが、おそらくそれに近い感じで報道されるだろう。

わたしは考えた。〇木賞を受賞するぐらいの作家ともあろう人物がそのような状況をよしとするだろうか？　作品よりも作者の障害にスポットライトが当たることが容易に予想されるそのような状況を、その人物はどう考えどう対応するだろうか？

そんなところから主人公の素子という人物像が立ち上がった。

だから、素子はもちろんわたしではない。

わたしが素子だったら喜んで表舞台に立つのになあ、テレビにも出まくるだろうなあ、などと呑気なことを考えながら、わたしはこの小説を書いていた。

〇木賞を受賞する素子と受賞しないわたしとの違いは、たぶんそこらへんにあるのかもしれない。

ちなみに『ニキチ』と同様、作中の小説『ＴＯＲＩＫＯ』と『音の柩』も短編ではあるが実在する。どちらも能登印刷出版部から出ている改訂増補版『ニキチ』に収録されているので、興味がある方は読んでみてください。

本書に同時収録した二編の短編、『チェリー・ブラッサム』は約三十年前に初めて書いた小説、『リアル』は二十年ほど前に書いた作品である。

『チェリー・ブラッサム』のほうは地元の文芸誌に掲載したことがあるが、『リアル』は今回初めて公開する。二編とも相当昔の作品で、書いた当時と今とで社会状況や人々の意識など、大きく変わったもの、あまり変わっていないもの、いろいろあると思うが、これらの小説たちが今、現在を生きるあなたにどう受け止めてもらえるのか、そのこともとても楽しみである。

最後にこの本の出版にあたってご尽力いただいたすべてのみなさん、そしてこの拙い小説たちを最後まで読んでくださったみなさんに心から感謝します。ありがとうございました。

２０２０年７月

紫藤　幹子

著者プロフィール

紫藤 幹子（しどう みきこ）

1984年　詩集『感情の片隅から』自費出版
2000年　『スノーホワイト』 第10回ゆきのまち幻想文学賞佳作
2009年　『しあわせがみえるメガネ』 石川テレビ開局40周年記念お母さんの童話大賞受賞
2012年　『胸の下で結ぶふくら雀』 第12回京都西陣まいづる「帯にまつわる話」大賞受賞
2013年　『赤い塗りばしと折り鶴』 第13回グリム童話賞優秀賞受賞
2017年　『ニキチ』 第45回泉鏡花記念金沢市民文学賞受賞
2018年　『ニキチ』改訂増補版　能登印刷出版部にて刊行

リアル・アバター

2020年7月15日　初版第1刷発行

著　者　紫藤 幹子
発行者　瓜谷 綱延
発行所　株式会社文芸社
〒160-0022　東京都新宿区新宿1－10－1
電話　03-5369-3060（代表）
03-5369-2299（販売）

印刷所　株式会社フクイン

ISBN978-4-286-21737-6